このたび王の守護獣お世話係になりました

柏 て ん

T E N K A S H I W A

一迅社文庫アイリス

CONTENTS

第一章　いきなり路頭に迷いました　8
第二章　守護獣様は骨がお好き　49
第三章　変わり始めた関係　111
第四章　王子様となくした記憶　153
第五章　頼れるネズミと隠し通路　194
第六章　幸せな結末　230
守護獣の退屈な日常　241
あとがき　252

ブラウ
アゲートの守護獣で、白銀の毛皮と青い瞳を持つ狼。子犬のような姿をしている。人嫌いで人前にはほとんど姿を現さない。
アゲート・フォン・リヒトホーフェン
23歳。クインベリー王国の王太子。文武両道で知られる怜悧な美貌の青年。民からも信頼され慕われている。対となって生まれた守護獣のブラウが成長しないことから、次期国王としての己の資質に不安を抱えている。
シリカ・アンデルセン
16歳。動物と会話ができる能力を隠し生きてきた。公爵の猫を助けたことがきっかけで、王太子の守護獣の世話係として城にあがることになる。お人好しな性格から損をすることも多い。気弱ながらも明るく前向きな少女。
キーリ
シリカの親友の黒猫。シリカの保護者のような存在――と本人は思っている。

このたび
王の守護獣お世話係になりました

characters profile

ユルゲン・アルトマイアー

公爵。優しげな雰囲気の老人で、アゲートの良き理解者。いなくなった愛猫を見つけ出したシリカをブラウの世話係としてアゲートに推薦した。

ルシアナ

美しい毛並みの白猫。アルトマイアー公爵の飼い猫で、公爵のことが大好き。

用語

クインベリー王国

古い歴史を持つ王国。王と共に生まれる守護獣という特殊な精霊によって守られている。

守護獣

クインベリーの次期国王誕生にあわせ生まれ出で生涯を共にする聖獣。その存在は精霊に近い。強大な力を持ち、有事の際には国を守る。

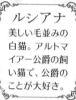

イラストレーション◆鳴海ゆき

このたび王の守護獣お世話係になりました

Konotabi ou no syugojyu osewagakari ni narimashita

第一章　いきなり路頭に迷いました

「あうう、お腹空《なか》いた……」

王都の石畳を、とぼとぼと歩く少女が一人。

夕焼けに似たオレンジの髪に、瞳《ひとみ》は蜂蜜《はちみつ》を固めたような琥珀色《こはくいろ》。可愛《かわい》らしい少女だが、随分と質素な身なりをしている。

その足元には、しなやかな黒猫が一匹。

クインベリーの王都は、もう名物と言っていいほど野良猫が多い。

黒猫もその例に漏れず、迷いのない足取りで石畳の道を歩いていた。

『だから追い出される時に、パンの一つも盗んでくればよかったのに！』

随分と物騒なことを言うのは、驚いたことにその黒猫だ。

「そんなことできるわけないでしょ！　それに、そんな暇なかったよ……」

相槌《あいづち》を打つ少女は、がっくりと肩を落とす。

彼女の名前はシリカ。シリカ・アンデルセン。

このクインベリーという国に、動物と会話できるという不思議な力を持って生まれついた。

だから、先ほどの黒猫の声も彼女にしか聞こえない。

その証拠に、誰《だれ》もいないところで叫んだ彼女を、近所の主婦が訝《いぶか》しげな顔で見つめている。

「いけない、またやっちゃった」

視線に気づいたシリカは、足早にその場を立ち去った。

こんなことはよくあることで、彼女はこの特殊能力がバレないよう、ずっと目立たないようにひっそりと生きてきた。

『気にしなければいいのよ。あんなの』

「そういうわけにはいかないよ、キーリ」

今度は周囲に人がいないことを確かめ、ひそひそと話す。

「とにかく、今は頑張って次の仕事を探さないと。住み込みで働かせてもらえるところじゃないと、今日《きょう》寝る場所もないし……」

『そもそも、なんで言い返さなかったの？　花瓶を割ったのは私じゃない！　一緒に見たじゃない。別の使用人が花瓶を割ったところ！』

キーリが、興奮して毛を逆立てた。

シリカがメイドとして勤めていたお屋敷を、追い出されてしまったのはつい先ほどのこと。

理由は飼い猫のキーリが、高価な花瓶を割ったという疑いをかけられたからだ。

しかしそれは濡《ぬ》れ衣で、本当の犯人はシリカよりも後から入ってきたメイドの同僚だった。

彼女はキーリが花瓶を割ったと言い立て、人々はそれを信じたのだ。

シリカは真実を知っていたが、一言も言い訳することなく屋敷を出た。キーリは気に入らないらしい。なにせ先ほどからずっと、その同僚のことをひっかいてやればよかったとそればかり後悔している。

苦笑して、シリカはキーリの艶《つや》やかな毛並みを撫《な》でた。

「だって、もし犯人があの娘《こ》だって分かったら、花瓶を弁償させられたかもしれないでしょ？猫が犯人なら仕方ないって、旦那《だんな》様も弁償は勘弁してくださったし、これでよかったんだよ」

撫でられるのが気持ちいいのか、キーリが体をくねらせる。

しかし納得はできないのか、不満そうに長い尻尾《しっぽ》がシリカの手を叩《たた》いた。

『シリカって、ほんとお人好し。損してばっか。ほんと、私がついてなきゃダメなんだから』

そしてシリカは次の職を探すために、街の広場に向かったのだった。

＊＊＊

広場にある掲示板には、様々な求人や探し人の情報が貼《は》られている。

そこに人が集まっているのはいつものことだが、なぜか今日は特にすごかった。広場は詰めかけた人々で埋め尽くされ、中には肩車してまで掲示板を見ようとしている人もいる。

「うわ、どういうこと？」

シリカは驚きの声を上げた。

この広場には何度も来ているが、こんなに人が集まるのは年に一度のお祭りの時ぐらいだ。

「今日って何かのお祝いだったっけ？」

シリカが首を傾《かし》げていると、彼女の足首に肌触りのいい尻尾が巻き付いた。

『なんだか、おふれってやつがあるんですって』

猫は聴力に優れているので、シリカが聞こえない遠くの物音でも聞き取ることができる。そんなキーリによれば、その〝おふれ〟というやつを前に人々は広場に集まっているらしい。

「おふれ……？」

人間であるシリカもまた、その〝おふれ〟というものがなんなのか知らなかった。

とにかく掲示板に近づけないのは困ったと、その場に立ち尽くしていると。

『あ、誰か出てきた！』

素早くシリカの頭上に駆けのぼったキーリが、にゃーごと叫ぶ。

広間の中央から波紋が広がるように、ざわざわと周囲が騒がしくなった。どうやらこれから何かが起こるらしい。

「静粛に！」

それは、大層大きな声だった。

集まった人々のざわめきが、ぴたりと止《や》む。

シリカが背伸びして前を見ると、ずっと遠くに立派な身なりの人がいるのが見えた。その周りを何人もの兵士が、守るように取り囲んでいる。

「ごほん。えー、皆の者。これは公爵閣下のおふれである。心して聞くように。〝我が愛猫が姿を消した。見つけ出した者には、金でも宝石でも、望みの物を与える。ユルゲン・アルトマイアー〟」

その言葉と同時に、わっと広場が沸きたった。

「アルトマイアー公爵と言えば、陛下の覚えもめでたい超大物じゃないか！」

「猫だ猫！　猫を探せ！」

「ちょっと待てよ、公爵様の猫ってどんな猫だ？」

「前で似姿を張り出してるみたいだ！　急げ！」

広場は混乱状態になった。

シリカは何とか流されないように踏ん張りながら、キーリが落ちないようしっかりと腕の中に抱え込む。

こんなに混み合った場所で離したら、誤って誰かに踏みつけられてしまうかもしれない。大切な友達がそんなことになっては大変だと、シリカは必死にキーリを抱きしめながら耐えた。

どれほどそうしていたのか。

掲示板に群がった人々は我先にと街に散っていき、広場からはどんどん人がいなくなっていった。

みんな街中に散って、これから公爵の猫を探すのだろう。

やがて広場は、いつもの穏やかな姿を取り戻した。老人や子供たちが、先ほどの騒動が信じられないとでもいうように、そこらここらでぼんやり佇《たたず》んでいる。

残されたシリカは、恐る恐る掲示板に近寄った。

しかし貼られた求人の上には、巨大な猫の肖像画が立てかけられている。毛足が長く真っ白で、首に赤いリボンを付けた美しい猫だ。

これでは残念ながら、次の仕事を探すことはできない。

「困ったね。どかすわけにもいかないし……」

掲示板の近くでは、先ほどの兵士が肖像画を盗んでいかないよう目を光らせていた。

絵画に使われる顔料はとても高価だ。だから画家という職業は、お金持ちのパトロンがいなければなることはできない。きっとこの肖像画も、公爵が名のある画家に描かせた高価な品なのだろう。

シリカが途方に暮れていると、抱き上げられたままになっていたキーリが突然暴れ出した。

『いいこと思いついた！　シリカも公爵の猫を探すにゃーよ』

「な、なに言ってるのキーリ」

動揺して思わず大声が出てしまう。兵士にぎろりと睨《にら》まれ、慌てた彼女はその場から逃げ出した。

＊＊＊

「もう、急に変なこと言うから驚くじゃない」

人気のない路地裏で、シリカはほっと安堵《あんど》のため息をつく。

兵士の視線に驚いて逃げてしまったが、そんな必要はなかったかもしれない。彼女は小心なので、何かあるとすぐに逃げ出してしまう自分を自覚していた。

キーリが窮屈そうにしているので放してやると、すたっと優雅に着地する。その様子はいつ見ても見事なものだが、今はどうも感心している場合ではないようだった。

『変なことじゃないわよ。聞いたでしょ？　迷い猫を見つけ出したら何でも望みの物をですって。これこそシリカにうってつけの仕事よ！』

黒猫は自信満々に言い放った。

興奮しているのか、黒く長い尻尾をピンと立ててブンブンと振っている。

「そんなこと言ったって、あの人だかりを見たでしょ？　いくらこの街に野良猫が沢山いるからって、あんなに沢山の人で探したら他《ほか》の人がすぐに見つけちゃうはずだよ」

シリカの考えはもっともだ。

しかしキーリは、自信満々で彼女の言葉を否定する。

『甘い！　きっと公爵は、既に街中を使用人なり兵士なりを使って、探させてるはずにゃ。それでも見つからないから、こんなふうに大々的に探すことになったのよ。つまりその猫は、人間には簡単には見つからない場所にいるんだわ』

「それじゃあ、私にだって無理なんじゃ……」

おどおどと言い返すシリカの足を、キーリが尻尾でピシリと叩いた。

『言ったでしょ？　人間にはって。シリカには私がついてるじゃない』

そう言って、キーリは自信ありげに胸を張ったのだった。

＊＊＊

シリカが連れてこられたのは、猫の集会場だった。

猫にはこうして、街中に何ヶ所か人目につかないたまり場があるらしい。

老いた猫若い猫、尻尾の短い猫にぶち猫サバトラ。一口に猫と言ってもその姿かたち、そして色柄は様々だ。

『おい！　なに人間を連れてきてやがる！』

しゃーと毛を逆立てて牙《きば》をむき出しにしたのは、片目に傷を負った大柄の猫だった。

狭い隙間《すきま》をようよう縫ってやってきたシリカを、彼らはどう見ても歓迎していない。

「ね、ほら嫌がってるよ。猫たちに悪いったら」

『何言ってるの。あんたが見つけなくちゃ意味ないでしょ！』

「だからってぇ」

シリカのただでさえ粗末な服は、更に煤《すす》や埃《ほこり》で汚れている。ここにやってくるまでに、とてもじゃないが人間が通らないような場所を通ってきたのだ。女性や子供でなければ、通り抜けられないような隙間も沢山あった。

(街の地理について、猫たちに敵《かな》う人間なんかいないんじゃないかな)

関心半分呆《あき》れ半分で、シリカはその狭い空き地を見回した。

恐らく、四方を建物に囲まれてしまったことでまったく日の差さなくなってしまった空き地だ。隣接した建物の中庭のようだが、その建物は空き家なのか真っ暗で、ひどく荒れた様子が外からでも見て取れる。

『白い猫は隠せ！　人間を追い出せ！』

あっという間に、シリカとキーリは周囲を包囲されてしまった。

無数の猫によるシャー、シャーという威嚇の大合唱。

思わず足がすくむが、キーリの堂々とした態度はいっそ見事なほどだった。

『待って。私たちはここにある猫を探しに来たの。白い体に赤いリボンの猫、知らない？』

キーリが訊《たず》ねると、猫たちの対応はより厳しいものになった。

『お前らも白猫を奪いに来たのか！』

「お前らもって？」

『今日になって突然、群れになった人間が襲い掛かってきたんだ！　白い猫は一匹残らず連れていかれちまった。ったくどうなってんだ！』

サバトラがざしゅざしゅと前脚で地面を掘る。

それに呼応するように、ぺしぺしと地面を尻尾で叩く猫や、尻尾を膨らませてシリカを威嚇する猫など。

狭い空き地は猫の鳴き声で大変な状態だ。

普通の人間なら、大の男でも思わずたじろいでしまいそうな状況だった。

しかし猫たちの嘆きが聞こえるシリカにとっては、怖ろしいというよりも痛ましいという気持ちの方が強い。

「そうだったの……」

思わずそう話しかけると、驚いたのは猫たちの方だった。

『アニキ！　この人間アニキと会話してやがるぜ!?』

『そう言われてみりゃー……おいねえちゃん。こりゃ一体どういうことだ？』

どうやら片目の猫は、この辺りのボスであるらしい。

一歩前に出てきた自分の二倍はあろうかという猫に、しかしキーリは一歩も引かない。

『見たでしょ？　ここにいるシリカは猫の言葉が分かるのにゃ。あんた――そんな態度でいいの？　あんたたちの協力次第では、その連れ去られた白猫たちを無事取り返せるかもしれないわよ？』

「ちょっ、キーリったら……」

空き地は水を打ったように静まり返る。

ボス猫は疑わしそうに、キーリとシリカを交互に見つめた。

『協力するのしないの、どっち!?』

キーリが畳みかけると、ボス猫はため息をつき視線をこちらに向けた。

『なあアンタ、俺《おれ》たちの言葉が分かるのかい？』

その唸《うな》るような問いかけに、シリカは慎重に頷《うなず》く。

「う、うん。分かるよ。猫だけじゃなくて犬とか馬とか、動物なら一応全部……」

それはシリカの特技でもあり、そして大きな秘密でもあった。

亡くなった祖母は、絶対にこの力を他人に知らせてはいけないと言った。気味悪がられるか利用されるかのどちらかだから――と。

だからシリカには、人間の知り合いがほとんどいない。友人もだ。下手《へた》に親しくなって、動物と喋《しゃべ》れることが知られてしまわないようにと、ずっと用心して生きてきた。

こんな性格のせいで、苦労をしたことも多い。

どこへ言っても馴染《なじ》めず、いつも自分は異分子なのだと感じていた。けれど秘密を守るためには、どうすることもできなかったのだ。

キーリが花瓶を割ったと言われた時だって、だから庇《かば》ってくれる人もいなかった。何も言い返さないで出てきてしまった理由は、そこにもある。

（どうせ私がいなくなっても。誰も困らない。私にはキーリさえいればいい）

いつもどこにいっても、心のどこかにそんな気持ちがあった。

キーリを処分するならクビにはしない。そんな雇い主の提案を断ったのも、だから当然のことなのだ。キーリはそのことを知らないけれど。

シリカにとって、動物は人間よりもむしろ近しい存在だった。

動物は嘘《うそ》をつかない。騙《だま》したりしない。人間とは違って。

どれだけ沈黙が流れていたのか。シリカが思わず回想していると、渋い顔で黙りこくったボス猫が煩わしそうに顔を洗いながら言った。

『しかたねえ。あんたらに協力しようじゃにゃーか。その代わり、白猫たちが戻ってこなかったら、どうなるか分かってるだろうなっ』

片目でも、さすがボスというべきかその言葉には迫力がある。

『——それで、協力ってのはなにをすればいい？』

行儀よくお座りの姿勢になったボスに習って、他の猫たちも皆同じ体勢を取った。どうやらこのグループには、猫らしくなくきちんとした規律があるらしい。

『さっき言ったでしょ。白くて赤いリボンを巻いた猫、見にゃかった？　最近この辺にやってきた余所者よ』

『おい、余所者《よそもの》の白猫を見たやつはいるか？』

『親分っ、そうはいっても、白猫は余所者も皆、人間どもに連れてかれちまいましたよぅ』

一匹が情けない声で言う。

他の猫たちも、うんうんと同意するように頷いている。

「ねえキーリ。やっぱりもう、公爵様の猫は他の人が見つけちゃったんじゃないかな？」

だからもう諦《あきら》めよう。

シリカがそう言葉を続ける前に、一匹の猫が集団の中から飛び出してきた。ドブにでも落ちたのか、灰色のひどく汚らしい猫だ。ひどく衰弱している様子で、少し走っただけでその場にへたり込んでしまう。

「ちょっと、大丈夫」

シリカが駆け寄る。

『かまうな人間。野良猫は弱ければ死ぬしかない。面倒も見れないのに中途半端な情けをかけんじゃねぇ』

　ボス猫が強い口調で言う。

　シリカは一瞬手を引きかけたが、震えるその猫を見ていると、どうしても無視することなんてできなかった。

「――分かった。この子は私が面倒を見る。それなら連れて行ってもいいんでしょう？」

　今まで遠慮がちに話していたシリカが強く言い切ったので、ボス猫は驚いた様子だった。

「おいで……ほら」

　抱き上げると、その猫は弱々しくシリカの指を舐《な》めた。服が汚れたが、彼女は気にしない。喉元をくすぐってやると、猫はゴロゴロと気持ちよさそうに喉を鳴らす。

『ちょっと！　今日寝る家がないって時に何考えてるの。ほんとシリカはお人好しなんだから……』

　キーリがたしなめても、シリカは答えない。

　それどころか彼女は何も言わず、その場に立ち尽くした。

『なんだなんだ？』

『ねえシリカ、どうしたの？』

　キーリが心配してその足元に駆け寄る。

　シリカは顔を強張《こわば》らせ、しゃがみ込んでかかえていた猫の首元をキーリに見せた。

「ねえ、もしかしてこれって……」

『なーん！』

目をまん丸にしたキーリが、シリカを見上げて元気よく鳴いた。

灰色の猫の首には、黒ずんだリボンのようなものが巻かれていた。シリカが驚いたのは、長い毛足に埋もれたそのリボンの、汚れていない部分が綺麗《きれい》な赤色をしていたから。

『ちょっとあんた！　もしかして公爵様の猫なの⁉』

獲物を見つけた時のように、キーリが目をキラキラとさせる。

『公爵様！　公爵様に会いたい！　公爵様ー！』

余程辛《つら》かったのか、公爵様という言葉に反応して猫がうにゃうにゃと暴れ始める。

疲れ切っているからか、その動きは酷《ひど》く弱々しい。それでも頑張って飛び出してきたのは、シリカの言った公爵様という言葉に反応したからだ。

「すぐご主人様のところに連れてってあげるから、安心して！」

シリカは野良猫たちに丁寧に礼をして、公爵家へと向かった。

＊＊＊

公爵のタウンハウスは、とんでもない騒ぎになっていた。

誰もかれもが白い猫を抱え、順番待ちの行列は遥《はる》か門扉の外にまで続いている。

それでも肖像画に似た猫を連れている人は少数で、白は白でも毛足の短い猫や、ほんの少しだけ模様の交じった猫。明らかに太りすぎの猫や、中には白い犬を抱えている人までいた。

けれど中でも、黒ずんだ猫を抱えたシリカはじろじろと視線を浴びた。

彼女自身も質素でうす汚れた格好だったので、さては金目当てかと見下すような目を向けられているのが分かった。

『なにこいつら。気に食わない！』

キーリが毛を逆立てて威嚇している。

一方シリカは、自分がそんな目で見られていることより、手元の猫の方が心配だった。猫はすっかり疲れ切っているようで、シリカの腕の中でぐったりとしている。本当は綺麗に洗ってやりたいが、せめても何か口に入れて休ませてからでないと、危険かもしれない。水嫌いの猫を洗うというのは、人間、猫共にとても消耗するからだ。

『こうしゃくさま、こうしゃくさまー』

うわごとのように、猫はそう繰り返す。

「大丈夫だからね。すぐにご主人様のところに連れて行ってあげるから……」

シリカは猫の体を撫でながら、なんとか落ち着かせようとする。混乱している猫とはシリカでさえ言葉が通じない。ただうにゃうにゃと鳴く猫を、あやしてやることしかできない。

「おい、にゃーにゃーうるせーぞ！　黙らせろ！」

近くに並んでいた男に、怒声を浴びせられる。

長時間並んでいるからか、それとも褒賞《ほうしょう》を狙《ねら》うライバル同士だからか、行列の空気は殺気立っていた。

「す、すいません」

「ったく、そんなきったねぇ猫が公爵様の飼い猫のはずねぇだろうが。並んでも無駄だからさっさとどっか行けよ！」

「そんな……」

「あんたも着替えて出直しな。呆れられて追い返されるのがオチだぜ」

嘲笑《ちょうしょう》を乗せて、男がふんと鼻を鳴らす。

浴びせられるひどい言葉に、シリカはぐっと言葉を呑《の》み込んだ。

『なによこの人間ー！』

すると突然、一緒にいたキーリが相手の男に飛びかかる。

同時に、男の抱えていた猫（小さなブチがある）がするりと逃げ出してしまった。

「な、おい待て！」

待てと言われて、待つはずがない。猫はすぐに姿を消してしまい、取り残された男はぎろりとキーリを睨んだ。

「てんめぇ！！！」

『にゃー！』

キーリが逃げ出し、男もそれを追って列を離れる。

並んでいた人々はくすくすと笑ったり、呆れたり。

シリカはキーリを心配しつつも、ひどいことを言う男がいなくなったことでほっと小さな安堵のため息を漏らした。

＊＊＊

日が暮れて夜になり、ようやくシリカの番が回ってきたのはほとんど深夜という時間だった。

「それで、その汚らしい猫を由緒ある公爵家に持ち込んだというわけですな？」

広場で猫を探すよう告知した男性が、忌々しそうな顔で言う。

「……はい。この猫が巻いていたリボンは、元が赤いようでしたので」

気の弱いシリカは、思わずぶるぶると震えてしまった。その場に控えている使用人たちの視線も、心なしか険しい。

「困るんですよね。あなたのような方のお陰で、選考が手間取ってしまって。白くない猫を連れてきた者は、門番に追い返すよう言わなければ」

「でも、この子は本当に公爵様の猫だと思うんです！　首元のリボンが赤いですし、きっと洗ったら白く綺麗になるはずなんです！」

今にも追い返されてしまうのではと、シリカは必死に訴えた。

しかし品定めをする男の顔には、ひたすらに呆れるような色が浮かぶばかり。

「では洗ってから出直してきてください。次の方」

「まっ！　ちょっと待ってください。この寒いのにそんなことをしたら、この子の命に関わります！　公爵様に見ていただければ、分かっていただけるはずです。この子は公爵様の猫です！」

選定員がくいっと顎《あご》をしゃくると、それに反応して部屋の中にいた兵士に、シリカは拘束されてしまった。

ずりずりと引きずられ、部屋から追い出されそうになる。

猫を落とさないように注意しつつ必死に抵抗するが、男性の力に敵うはずがない。

猫はもうぐったりとしていた。公爵様と鳴く元気もないようだ。それでもうわ言のように、小さくその名を繰り返している。

ここから追い出されてしまえば、シリカにはもうあてがない。すぐに落ち着ける場所もなく、猫を療養させるようなあてもない。

「お願いです！　本当に公爵様の猫なんです。こんなに公爵様が恋しくて鳴いてるのに、どうして分かってもらえないんですか！」

シリカの叫びに、男は更に呆れた顔になった。

「ふん。君は猫の言葉が分かるとでも言いたいのか」

それは驚いているのではなく、明らかに侮蔑《ぶべつ》を含んだ言い方だった。そんなもの分かるわけがない――彼の皮肉に歪《ゆが》められた口元が、それを如実に物語っている。

シリカの踏ん張った足が地面から離れ、いよいよ部屋から連れ出されそうになった。

しかしその時だ。驚いたことに、兵士が開けるのより先にドアが開く。

そして部屋の中に入ってきたのは、品のいい老人だった。

背筋がまっすぐに伸びていて、目尻《めじり》には温和な皺《しわ》が浮かんでいる。

「わしが恋しくて鳴いている猫というのはどの子かね？」

その一言で、シリカは彼が公爵その人であることを知った。恐る恐る、彼女は老人に向かって猫を差し出す。

「ああ……」

老人の吐息は、了承とも感嘆とも取れなかった。

彼は皺がれた大きな手で、そっと猫を受け取る。

「公爵様！　お召し物が汚れます！」

品定めをしていた選定員が、慌てて駆け寄ってくる。

シリカはドキドキして、両腕を兵士に掴《つか》まれていなければ立っていられなかったかもしれない。

動物の言葉が分かるシリカは、一途に公爵様と鳴き続ける猫こそ公爵の猫だと信じている。けれど変わり果てた姿になった愛猫を、公爵がそうだと分かるかどうかは微妙なところだった。平民たちがペットを家族のように扱うのとは異なり、貴族が珍しい種類の動物を飼うのは他者に自慢したり財力を誇示するためだ。

――だとすれば、公爵にも自分の飼い猫だと分からないのではないか？

シリカの不安は、しかし見事に裏切られた。

「ああ、私のルシアナ。よく戻ったね」

公爵はそう言うと、服が汚れるのも構わず猫を抱きしめた。

『こうしゃくさまー』

息も絶え絶えに、けれど嬉《うれ》しそうに猫が鳴く。

二人の再会を目の当たりにして、シリカは猫が見つかってよかったと心から思った。

ルシアナと呼ばれた猫は休ませるために使用人の手で別室に連れていかれ、追い返そうとした猫が侯爵の猫だと知った選定員は色をなくしている。

突然の成り行きに部屋にいた誰もが驚いていたが、兵士が姿勢を正したのを機に、それぞれがあるべき場所に戻る。

シリカもまた、メイドをしていた時のように震えながら首《こうべ》を垂れた。

猫があれほどまで必死に慕い、そして自らが汚れるのもいとわずその猫を抱きしめてくれた人だ。

優しい人に違いないが、それでも公爵という肩書には彼女が震えるのに十分な威厳があった。

貴族の中でも最高位であり、遠くは王家にも繋《つな》がる血筋。

シリカからすれば本当の本当に、雲の上の人なのだ。

「顔を上げて。怯《おび》えなくていい」

おずおずとその言葉に従えば、公爵はにっこりとした笑みでシリカを見つめていた。

「よくぞルシアナを見つけてくれた。手を尽くして探したが見つからず、諦めかけていたのだ。礼を言う」

じんわりと耳にしみいるような声だ。

シリカは自らの緊張がほぐれ、顔の強張りが解けるのを感じた。

「それでは約束通り、君に望むものを与えよう。何が望みだね？」

そう問われて初めて、彼女は自分にその栄誉が与えられるのだということに気が付いた。

見つけられるはずがないと思っていたので、想定もしていなかったのだ。彼女のお目付け役を自認するキーリがいれば、何か名案を出してくれただろう。しかし残念ながら、キーリは門の前で別れたまままだ戻ってきていない。

「公爵様、恐れながら……」

なんと答えるべきなのか、シリカは躊躇《ちゅうちょ》した。

褒美を金で貰《もら》っても、いつかは使い尽くす。それに公爵の猫を見つけたのがシリカだと分かれば、そのお金も悪い人たちに奪われるかもしれない。

シリカはまだ若い。口下手で世渡り下手な十六歳の少女だ。

そして彼女自身もまた、それが自分の欠点であることをよく知っている。

シリカは必死に考えて、そして名案を思い付いた。

「どうか私を、こちらのお屋敷で働かせてください！」

キーリがいれば、どれだけ欲がないのかと彼女を叱《しか》ったことだろう。しかし何度も言うように、賢明なる黒猫は飼い主の元に戻ってはいないのだった。

＊＊＊

――この国の王太子は孤独だ。

その日所用で登城していたアルトマイアー公爵ユルゲンは、中庭で鍛錬に励む王太子を見て、ふとそんなことを思った。

太陽に光る雪のような白銀の髪と、その凍てつく青い瞳は彼をひどく冷たい人間のように見せる。

しかしその実、この王子は心に炎を宿している。王族と親交の深いユルゲンは、そのことをよく知っていた。

「精が出ますな」

声を掛けると。一心に剣の素振りをしていた王子がその手を止めた。

アゲート・フォン・リヒトホーフェン。リヒトホーフェンの爵位を持つ、この国の王太子だ。彼は文武に秀いで、見目も麗しい。考えうる最高の王太子と言えるが、そんな彼にも欠点があった。むしろその欠点を補うために、不断の努力を重ねていると言ってもいい。

今年で二十三になる、クインベリー国の宝。

ユルゲンは彼のことを、心から敬愛し未来の主君と認めている。

「アルトマイアー公か」

汗を拭《ぬぐ》いながら近づいてきたアゲートと、ユルゲンは握手を交わした。

その手は硬くペンだこと剣だこによって彩られ、いささか王族らしくない手だ。

「殿下のお陰で、じいは安心して隠居することができます」

ユルゲンが冗談めかして言うと、アゲートはその白皙《はくせき》の美貌《びぼう》をうっすらと綻《ほころ》ばせた。

「じいという年ではないだろう。我が国のために、まだまだ働いてもらわねば困る」

「おやおや、随分とご無体をおっしゃる」

「本当のことを言っているのだ。宮廷の中には――――俺を不安に思う者も少なくないからな」

ことをなげに言って、しかし青年は小さく肩を落としていた。

――自分は次期国王として相応《ふさわ》しくないのではないか？

この青年は物心ついてからずっと、そんな不安を抱えている。だからこそ鍛錬に励み、勉学も怠らない。

だというのに、彼の悩みはいつまでたっても解決することがないのだ。

その麗しい横顔をユルゲンは痛ましく思い、気付けば口が動いていた。

「殿下の……守護獣様はどちらに？」

クインベリー王国は、守護獣という特殊な精霊によって守られている。

彼らは代々、次期国王となるべき男児と共に生まれ出《い》でる。誕生の瞬間に、王妃の部屋は光に満ち精霊が召喚されるのだと。

実際、ユルゲンもその出現に立ち会った一人だ。

老齢の彼はアゲートの父親、つまり現国王の時も、その奇跡を目にした。

国王を守る守護獣は巨大な鷹《たか》であり、平時は玉座の脇《わき》に設けられた止まり木の上で小さくなり主人を見守っている。

しかしこの王太子の守護獣はと言えば――――。

「いつもと変わらん。庭で休んでいる」

国王の鷹は、発現の時こそ雛鳥であったが、国王と共に成長し立派な成鳥になった。

しかし王太子と共に生まれた白銀の狼《おおかみ》は、二十三年たった今でも子犬のような姿のまま。

なにより人間を嫌い、ほとんど城の敷地内にある専用の森から出てこない。

人々は噂《うわさ》する。この狼のあり様は、神が王太子の資質に疑いを抱いているからではないかと。

あるいは、国に災いが訪れる予兆なのではないかと。

十三代におよぶ王家の歴史の中で、これに似た前例はない。王家も王太子もあらゆる方法を試したが、ダメだった。狼の子供が成長することはついぞなかった。

こんなにも王に相応しい青年だというのに、一体何が不足だというのだ。

ユルゲンは、王太子に会うたびにその思いを禁じ得ない。

両親の愛情をあまり受けずに育ったアゲートを、ユルゲンは孫のように愛《いと》しく思っている。

だからこそ心配であり、できうることなら自らが生きている間に彼の戴冠《たいかん》に立ち会いたいと願っている。

どうにか、公爵である自分が後押しできるうちに――と。

アゲートの父である国王は、現在病に伏している。そして母である王妃は、息子のことなど顧みない女だ。

ユルゲンの脳裏に一人の男がちらついた。

王弟フレデリック。

二十年も隣国で外遊していた男が、国王の病状の悪化を理由につい最近帰国したのだ。

その表向きの理由は兄を見舞うためというしおらしいものだったが、その真意が次期国王の座にあるのは明らかだ。

実際城内では、密《ひそ》かにフレデリックを擁立する者も出始めている。

ユルゲンは焦っていた。それはアゲートも同じだろう。

しかし誰も、なんの解決策もないままに、いたずらに時だけが過ぎていこうとしていた。

＊＊＊

結論から言うと、シリカの願いは叶《かな》えられた。

彼女はルシアナの世話役として、アルトマイアー公爵家に迎え入れられたのだ。

「前の世話役とは相性が悪くてな、ふとした隙《すき》に世話役の手を飛び出して逃げてしまったのだ」

座る公爵の膝《ひざ》の上には、美しい白い毛並みを取り戻したルシアナが気持ちよさそうに丸くなっている。

『だって、あの人毎日私に違うリボンを巻こうとするんだもん。私は公爵様に巻いてもらった、この赤いリボンが気に入ってるのに』

怒りが蘇《よみがえ》ってきたのか、ルシアナは尻尾をぱたぱたと振った。

『それで屋敷を飛び出してたら世話にゃいでしょ。外じゃ生き抜けない箱入りのくせに』

呆れて言うのはキーリだ。

無事戻ってきた彼女がルシアナを見つけてくれたのだと言えば、公爵は快くキーリを飼うことも許してくれた。

『飛び出したくて飛び出したんじゃないもの。でも不潔だし食べ物はないし、もう二度と街になんていかないわ。こりごりよ』

にゃうにゃうと会話する二匹に何を思ったのか、公爵がにこにことして言った。

「いやあ、この二匹は本当に仲がいい。君の猫が雌なのが残念なほどだよ。雄ならばルシアナの婿に迎えたところだが」

(ごめんなさい公爵様。この二匹そんなに仲良くないみたいです)

正直者のシリカでもさすがに真実を伝えることはできず、引きつった笑みを浮かべるより他なかった。

「それにしても君は、本当に猫の言葉が分かっているかのようだね」

公爵の突然の指摘に、シリカはぎくりとした。

これは、ルシアナを連れてきた時の「公爵様が恋しくて鳴いている」という発言を気に入って、公爵が好んで言う冗談だ。

しかし本当に動物の言葉が分かるシリカとしては、気が気ではない。いつ自分の秘密がバレるのではないかと、戦々恐々としていたりする。

「君に世話してもらうようになってから、ルシアナも機嫌がいい」

公爵がその指で喉元をくすぐると、猫は甘えるようにゴロゴロと喉を鳴らす。

『こうしゃくさま～』

シリカがしたことと言えば、公爵様大好きな猫のため触れ合う時間をもう少し取ってあげてくださいと進言しただけなので、ルシアナが上機嫌なのは当然である。

そもそも、ルシアナは上品で大人《おとな》しい猫だ。

嫌なことをされなければひっかいてくることもないし、綺麗好きでトイレだってちゃんと決まった場所でできる。お屋敷の壁を爪《つめ》とぎ跡だらけにしないよう、決まった専用の木で爪とぎをするように言ったらそれも快く了解してくれた。

だから、世話係としてシリカがしたことというのはそれほど多くない。

(これで住み込みさせていただいて、お給金まで頂けるなんて、なんだか逆に申し訳ない気がする……)

長年の相棒であるキーリは、そんなシリカの考えを読んだのか呆れたように言った。

『公爵もルシアナもご機嫌なんだからいいじゃない。ついでに全《すべ》ての白猫が街に戻って野良猫たちも安心。いいことずくめだわ』

（本当に、そうかなあ？）

シリカの疑念はともかくとして、とにかくそれからしばらくは平和な日々が続いた。

季節は冬。

あのまま路頭に迷っていたら、確実に凍え死んでいただろう。

今年は温かく待遇のよい公爵家で冬を過ごせる幸せを噛《か》みしめていると、公爵から思いもよらない相談を受けることになった。

それはいつものように、公爵とルシアナのふれあいに立ち会っていた時のことだ。

「もし、懐かないペットがいたとしたら、君はどうするかね？」

突然の問いに、シリカは驚いた。

普通貴族が、こんな風に気安く使用人に話しかけることなどない。

しかし公爵は茶目っ気のある老人で、ルシアナの様子を聞く時などこうして気軽にシリカに話しかけてくる。

「懐かないペット、ですか？」

「そうだ。君ならどうするかね？　動物の気持ちが分かる世話係殿」

苦笑いを浮かべつつ、シリカは自分ならどうするだろうかと考えてみた。

公爵の質問は、懐かないペットをどう懐かせるか、というもの。

ルシアナは公爵に首ったけなので、完全にもしもの話か、あるいは他の貴族から相談を受けたのだろう。

　この屋敷で働くようになってから知ったことだが、公爵は大の愛猫家として社交界でも有名なのだそうだ。

「そうですね、私なら……その子の不安を取り除いてあげられるよう、最大限努力します」

「ほう、不安を？」

「はい。動物は素直です。だから懐かないのには、なにか理由があると思うんです。飼い主の匂《にお》いが苦手だとか、体のどの部分を撫でられるのが嫌だとか……。その原因を見つけ出して解決できたら、きっと仲良くなれると思います」

「だが、特に理由もなく、懐かないのだとしたら？　完璧な環境を与えられ、それでも懐かないのだとしたら、それはもうそういう性分なのではないかね？」

「動物は……その、人間と同じで一匹では生きていけません。群れをつくらない動物でも、孤独には耐えられないと思うんです。むしろそのペットは、ご主人様と仲良くできずに寂しい思いをしてるんじゃないでしょうか？」

　シリカの答えに、公爵は顎を撫でて考え込む素振りをした。

　言葉が過ぎたと、たちまちシリカは青くなる。

「も、申し訳ありません！　出すぎたことを申しました」

　気の弱い彼女はかたかたと震えた。それも当然で、貴族は機嫌一つで使用人の命すら奪うことができるのだ。

「ああ、いや。儂《わし》が意見を聞かせてほしいと言ったんだ。恐縮することはない。だが――」

「だが？」

言葉を途切れさせた公爵に、シリカは首を傾げる。

そして告げられたのは、思ってもみない提案だった。

「シリカ。その仲良くできずに寂しい思いをしているかもしれない動物を、世話してみる気はないかね？」

「は？　はあ……」

名案だとでも言いたげに笑みを浮かべる公爵を前に、訳も分からずシリカは生返事をするより他なかった。

＊＊＊

（だからって、こんなの聞いてないです公爵様！）

揺れの少ない馬車に揺られながら、シリカは血の気の引いた頭で考えた。

そもそも、朝から様子がおかしかったのだ。

朝一番にシリカの部屋に、公爵夫人専属の侍女たちがやってきた。

彼女たちは驚くシリカに湯あみをさせて、理由も語らずてきぱきと彼女の身支度を整えていった。

華美ではないが仕立てのいいドレスを与えられ、あまつさえそれに着替えさせられる。

恐らく一年分の給金よりも高いに違いない。シリカはどこかに引っ掛けてしまったらどうしようと怖くて怖くて仕方なかった。

そして全ての用意が整うと、今度は馬車に乗せられた。

恐れ多くも公爵家の紋章が象嵌《ぞうがん》された馬車だ。フットマンの手を借りて馬車に乗ると、中にはなんと公爵が乗っているではないか。

使用人であるシリカが公爵の馬車に同乗することなど、身分差からいって考えられないことだ。

シリカはパニックになって、馬車を飛び降りようとした。

驚いた公爵に慌てて止められたが。

「大丈夫。落ち着いて。私が一緒に乗せるようにと言ったのだ。咎《とが》めはしない」

「で、ですが……」

「この間の懐かないペットのことでね、ぜひ任せたい動物がいるんだよ。頼まれてくれるかい？」

そう言われてしまえば、逃れることはできない。

シリカは渋々頷いた。

馬車に乗せるわけにはいかないのでおいてきたキーリが、早くも恋しくてたまらなかったが。

そして更に驚いたことに、シリカが連れていかれたのは王宮だった。

城。国の中枢、国王のおわす所。

いくらシリカが田舎《いなか》から出てきた世間知らずでも、さすがにその程度の知識はある。

がちがちになって声も出せずにいると、そんなシリカを気遣って公爵が優しく声を掛けてくれる。

「緊張しなくていい。飼い主は気のいい青年だよ。少し不器用だが、そのせいでペットと上手《うま》くやれてないんだ」

「それは、ご主人様もペットも、可哀想《かわいそう》ですが……」

自分にどうにかできるだろうかと、シリカの胸は不安でいっぱいになった。

しかし、ペットから直接話を聞けば、あるいはどうにかなるかもしれない。

気のいい青年という公爵の言葉を信じ、シリカは少し肩の力を抜くことにした。

そもそも王宮には、王族の他にもそこに勤める人がたくさん暮らしている。

そのペットの主人は、多分その中の誰かなのだろう。そう納得した彼女は、公爵に言われるがまま王宮に足を踏み入れた。

「随分歩くんですね？」

王宮に入ると、たちまち他貴族たちの詮索《せんさく》する視線にハチの巣にされたシリカである。

長い回廊を抜け、階段を上り下り。公爵が足を止めた頃《ころ》には、すっかり草臥《くたび》れてしまっていた。

「すまんな。外敵からの防御を考えて、複雑な造りになっているのだ。だが、もう目的地に着いたぞ」

そう言うと公爵は、テラスに出てシリカを招いた。

おずおずと外に出ると、そこには驚くべき光景が広がっていた。

「うわぁ、これは……森？」

そこに広がっていたのは、城の敷地内にあるとは思えない広さの森だった。沢山の木々が茂り、ピチチチと鳥が歌っている。

「ここはもしかして、『禁足の森』でしょうか？」

おそるおそる、シリカは公爵の顔を見上げた。

禁足の森というのは、城の後ろに広がるという国王の私有地だ。基本的に王族以外入ってはいけないことになっており、シリカも実際にその森を見たのは初めてだった。

「まあ、そうとも言うな。そして君に面倒を見てもらいたいペットというのは、実はこの森に棲《す》んでいるのだ」

「は……？」

シリカは茫然《ぼうぜん》と声を上げた。

「こちらにって、私入れませんけど……」

呆気《あっけ》にとられる彼女に、公爵は満面の笑みを浮かべる。

――まるで何も企《たくら》んでなどいないかのような。

「大丈夫。許可は取ってあるから」

公爵はあっけらかんと言う。

シリカはあまりのことに茫然とするばかりで、まともに質問を返すことすらできなかった。

＊＊＊

今日は驚かされる一日なのだ。

シリカはそう思うことにした。

だって『禁足の森』以上に驚くことが、彼女の身に起こったのだから。

引き合わされたその飼い主というのは、とても美しい男性だった。白銀の長い髪に、深い海のような青い目。目の色に合わせたジュストコールには、やはり髪の色と同じ銀の刺繍《ししゅう》が施されている。

シリカは彼を知っていた。

会ったことはない。けれど国中のあちこちに、彼の肖像画が飾られているのを見たことがあったのだ。

美しき王太子。アゲート・フォン・リヒトホーフェン。

公爵は驚いたことに、国の守護獣の世話役としてシリカを推薦したという。

守護獣というのはただの動物ではない。ましてやペットであるはずがない。

彼らは国を守る神聖な存在だ。将来国王となる者とともに生まれ、一生を共に過ごす。クインベリーの国を様々な災害から守り、神から与えられた贈り物《ギフト》とさえ呼ばれている。

「殿下。この娘が、我が家の猫を見つけ出したちまち懐かせてしまった動物の専門家。シリカ・アンデルセンですぞ」

公爵は喜々として言うが、シリカとしては心の底から逃げ出したい気持ちでいっぱいだった。

(守護獣の世話役なんて、私に務まるはずないよ！)

国の守護獣と言えば、厳密には動物ではなく精霊である。また強大な力を持ち、有事の際には国を助けるとも言われている。クインベリーの国にとって欠かすことのできない、とても大切な存在だ。自分のような田舎娘の手には負えない――シリカは泣きたくなった。

更に言うなら、泣きたい理由はそれだけではなかった。

先ほどから見下ろしてくる王太子の冷たい瞳に、自信のなさや後ろ向きな気持ちが全て見透かされているような気がする。

（とても美しい方。だけど、美しすぎて私には恐ろしい……）

公爵家で待っているはずのキーリに、シリカは今すぐ抱き着きたくなった。彼女にとって、アゲートの視線はそれほどまでに恐ろしく感じられたのだ。

何も言えず縮こまっていると、たっぷりの間を置いて王太子が口を開いた。

「シリカ……と言ったな？」

尋ねられ、息も絶え絶えに小さな返事をした。

それをどう感じたのか、アゲートがその整った眉《まゆ》をひそめたのが分かった。

「公爵。あなたの愛猫家ぶりは知っているが、猫と精霊は違うのだぞ」

どうやらアゲートは、シリカを世話役にすることに賛成ではないらしい。

それはそうだろう。というかむしろ、貴族ですらないシリカをアゲートに推薦しようという、公爵が常識外れなのだ。

アゲートの言葉に、シリカは全力で頷きたくなった。

しかしカチコチに固まっている間に、公爵がどんどん話を進めてしまう。

「しかしですな、殿下。わたくしはこの娘に、懐かない動物をどうすべきかと尋ねたのです。すると彼女は、不安を取り除くべきだと申しました。もし守護獣様にもなにがしかの不安があるのだとすれば、それはクインベリーの国民として由々しき事。どうにかして取り除かねばなりませぬ」

「その不安どうこうというのは、所詮《しょせん》想像だろう。広大な土地と、豊かな自然。過不足のない食料。俺の守護獣に一体どんな不安があるというのだ」

「それをこれから探すのですよ殿下。先日、わざわざ隣国から招いた世話役を、早々に追い出してしまわれたそうではないですか。新しい世話役が必要でしょう？」

「あれは、ブラウに怪しげな薬を使おうとしたのだ。だからこそ、身元の確かな人間に世話をさせねばならぬ」

ブラウというのが、守護獣の名前らしい。

二人の会話からして、アゲートにあまり懐いてはいないのかもしれない。

それはそれとして、二人の話し合いは平行線だ。シリカはどうか王太子が勝ってくれるよう願いながら、一人立ち尽くす。

公爵が王太子を説得してしまえば、シリカは守護獣の世話役として禁足の森に入らなければならない。

彼女自身、守護獣がどんな動物なのかという興味がないわけではないが、それよりももしなにかドジをしたらという恐怖の方が先に立った。

しかし彼女の願いとは裏腹に、公爵は王太子を見事に言いくるめてしまったのだ。

「では、明日《あす》からよろしく頼むぞシリカ」

闊達《かったつ》にそう言って笑う公爵とは裏腹に、王子はいつまでも不機嫌そうな顔をしていた。

（公爵様！　殿下が全然納得していらっしゃらないご様子なんです。どうにか考え直してください
ませんか!?）

そんなこと、思っても口にできるはずがない。

結局、シリカは謹んで守護獣の世話役を拝命するより他なかった。

一体明日からどうなってしまうのだろうかと、胸が潰《つぶ》されそうな不安を心の奥底に押し込めながら。

第二章　守護獣様は骨がお好き

翌日から、シリカは森の中にある使用人用の小屋で暮らすことになった。なんでも、植物の世話のために庭師が建てたものらしい。

『禁足の森』という名前であっても、王族以外入ってはいけないというのはあくまで建前で、庭師などは許可さえあれば出入りが許されているのだそうだ。

しかしそれでも、そこに入れる人間は数えるほど。

また敢《あ》えて禁止にしなくとも、この森には不吉な噂《うわさ》がいくつもあって、城で働く人々は好んで近づかないのだという。

精霊獣というのは神聖な存在のはずなのに、随分不吉な場所に棲《す》んでいるんだなあとシリカは思う。

とにかくそういうわけで、彼女の引っ越しは挨拶《あいさつ》する相手のいない寂しいものとなった。

『なんだか辺鄙《へんぴ》な小屋ねえ。私は公爵様のお屋敷がよかったわ』

小屋の中の匂《にお》いをくんかくんかと嗅《か》ぎながら、キーリが小屋の中を探索している。壁や家具に体を擦《こす》りつけて匂いを移しているので、落ち着くまでにはしばらくかかるだろう。

シリカは公爵に用意してもらった荷物を荷ほどきしながら、のほほんと返事をする。

「でも、これで好きな時にキーリと話せるし、お役目は大変そうだけれど結果的にはよかったのかも」

『もう！　お人好し！　シリカはもっと人間に慣れなきゃダメなんだから』

そう言いつつも、キーリはご機嫌に尻尾《しっぽ》をピンと立てている。シリカの言葉が嬉《うれ》しかったらしい。

少し埃《ほこり》を被《かぶ》っていた小屋の中を掃除して、一日目は終了。

次の日から、シリカは守護獣の世話役としての仕事をこなすことにした。

とはいっても、守護獣についてシリカが教えられたことは、そう多くない。

日中は適当な場所で昼寝していることが多いということと、人間があまり好きではないということくらいだ。

「守護獣様は、人間がお嫌いなのかな？」

キーリと話しながら、森の中を散策する。適度に人の手が入った森は歩きやすく、木漏れ日が心地いい。

『どうかしらね。人間から餌《えさ》を貰《もら》ってるくせに、人間嫌いなんてわがままなやつ』

どうやら、キーリの中で守護獣の印象はあまりよくないらしい。仲良くやってほしいものだと願いつつ、シリカは足を進める。

『新入りだ』

『また新しい人間だ』

森に棲む鳥たちが囁《ささや》き合う。

危険な動物はいないそうだが、この森の中は守護獣以外の動物も珍しくない。

「鳥さん。また新しい人間ってどういうこと？」

シリカが問いかけると、二匹の鳥は首を回して顔を見合わせる。

『話しかけてきた』

『新しい人間、話しかけてきた』

「私はシリカ。新しくこの森に住むことになったの。仲良くしてね」

人間相手にするよりもよっぽど流暢《りゅうちょう》に、彼女は自己紹介をした。鳥は首を傾《かし》げたり回したりと忙しい。

『守護獣様の新しい世話役？』

『世話役？』

『守護獣様は人間お嫌い』

『人間嫌い』

『穴掘りがお好き』

『好き』

『西の岩場で、お昼寝してた』

『してた』

彼らの言葉で、シリカは守護獣の居場所を知った。

「じゃあ、早速挨拶に行こうか。キーリ」

元気よく言うシリカに、キーリが大きなため息を吐く。

『シリカ……どうしてその積極性を、人間たちの前で出せないの？』

「無茶言わないでよ。動物と違って、人間は言葉と心が違うの。だから注意深く付き合いなさいって、おばあちゃんが言ってたもん」

頬《ほお》を膨らませた少女は、普段の大人《おとな》しい彼女よりも年相応に見える。

それからシリカは、鳥たちの言うように西へ進んだ。

この森はどこからでも城が見えるので、道に迷うことがない。そしてしばらく歩くと、本当に岩場にたどり着いた。

『あれね』

先に気付いたのはキーリだった。

素早く彼女が駆け上った岩の上には、鳥たちの言葉通り白銀の毛皮を持つ獣がごろりと寝ころんでいる。

「守護獣、様……？」

シリカが驚いたのも無理はなかった。

その獣の体は、キーリと同じぐらいの大きさしかなかったのだ。そして雌であるキーリは、猫の中でも小さい部類に入る。

シリカの手でも、簡単に捕まえられてしまいそうなサイズ。

一見子犬のようなその獣は、日の当たる岩の上でお腹《なか》を出して寝ていた。

ついでに前足は泥だらけで、土が露出している場所には彼が掘ったらしい小さな穴が沢山開いている。

どうやら鳥が言っていた穴掘りが好きというのは本当らしい。

『なにこいつ。呑気《のんき》すぎ』

キーリが呆《あき》れたと言わんばかりに、尻尾で岩を叩《たた》いた。

「こら、キーリってば！」

『だってこいつ、野生の欠片《かけら》もないんだもの。外でこんなに無防備に寝る犬はいないわ。あいつらも馬鹿《ばか》だけど、さすがにここまで間抜けじゃないわよ』

猫であるキーリは犬に手厳しい。そのキーリが犬以下だというのだからよっぽどだ。

シリカがそうっと顔をのぞき込むと、守護獣はくうくうと穏やかな寝息を立てていた。

寝ながらもピンと尖《とが》った耳に、犬のように張り出した鼻。ふわわと欠伸《あくび》した口の中には、小さいけれど牙《きば》がしっかりと生えている。

現国王の守護獣は鷹《たか》、そしてこの守護獣は狼《おおかみ》だと言うが、やはりその姿はお昼寝している子犬にしか見えない。あまりの愛らしさにシリカが顔を緩ませていると、ふとパチリと守護獣の両目が開いた。海の底のように深い青。

シリカは、白銀の毛皮にその青い宝石のような瞳《ひとみ》が、王太子のアゲートとそっくり同じだということに気がつく。

アゲートのそれは鋭く、そしてこちらの守護獣はぱっちりとあどけないという違いはあるが。

「ブラウ様はじめまして。新しい世話役を仰せつかりました、シリカ・アンデルセンと申します。よろしくお願いしますね」

にっこりと笑顔で自己紹介をしたが、しばらく茫然《ぼうぜん》としていた守護獣は、見慣れない人間に気づいて飛び起きた。

けれど足が短くて上手く起き上がれない辺りが、やはり可愛《かわい》らしくて顔がにやけてしまう。

『な、なんだお前は⁉　俺《おれ》は聞いてないぞ！』

守護獣が小さな牙をむき出しにした。

『よろしくにゃ。小さな守護獣様』

そう言って、キーリがわざと尻尾で岩を叩いたものだから、子犬はびくりと体を硬直させる。

「こらキーリ！　驚かせてしまって申し訳ありません。彼女はキーリと言って、私の大切な友人です。私たちは昨日より、この森で住まわせていただくことになりました」

『なっ……なっ……』

守護獣は驚きのあまり言葉が出ないようだった。

じりじりと怯《おび》えたように後ずさり、そしてころりんとその岩の上から落ちてしまう。

「ブラウ様！」

慌ててシリカが受け止めた。

驚いたのか目はまん丸。

迂闊《うかつ》な行動も何もかも子犬そのもので、王太子が生まれるのと同時に誕生したなどとても信じられない。

二十三歳というのは、犬では考えられないほどの高齢だ。シリカは狼の寿命を知らなかったが、おそらく犬と同等かそれより少ないぐらいだろうと思われた。

しばらく茫然としていた守護獣は、はっと気が付いたように空中に浮かび上がる。

ブラウが空を飛んだことで初めて、シリカは彼が守護獣なのだと思い出したぐらいだった。

『お、俺は世話役なんて認めない！』

そう叫んで、ブラウはどこか遠くに飛んで行ってしまった。

どうやら第一印象は、あまり好ましいものではなかったらしい。

「キーリ……」

シリカが呆れたように言うが、当のキーリはと言えば呑気に顔を洗っている。

「しょうがない。こうなったら長期戦で仲良くなるしかないか……」

そう言って、一人と一匹は小屋へと戻っていった。

＊＊＊

その夜、シリカは王太子によって呼び出されていた。

しかも到着した途端、仕事で忙しいという彼の執務室で二人きりにされてしまった。

失礼があってはいけないと緊張し、キーリがいないことを心細く思った。

「ブラウはどうだ？　会えたのか？」

書類を見ながら、シリカに話しかける声はそっけない。

「は、はい……」

「どうだ？　驚いただろう」

アゲートが皮肉気に笑う。

しかし緊張で硬くなっているシリカには、その言葉の意味が分からなかった。

「た、大変愛らしいお姿でした」

とにかく、自分の思った印象を伝えた。お世辞を言うなど、不器用なシリカにできるはずはないのだ。

「愛らしい、か」

麗しの王子は、表情を消した。

そうするとただでさえ冷たい印象が、更に冷たく感じられる。

「二十三年で、ちらりとも成長しない。性格は怠惰で、日がな何をしているかも分からん。国の守護獣が聞いて呆れる」

その言葉は、シリカの胸に鋭く突き刺さった。

どうしてそう感じたのかは分からない。だが、まるで王子が自らを痛めつける言葉のように思えたのだ。

「そんな……こと、ありません……」

どうにか否定しても、アゲートの言葉は冷たく冷え込むばかりだった。

「ほう？　お前にはそう見えるのか？　あれが我が国の守護獣として相応《ふさわ》しいと？」

足が竦《すく》む。手は震えた。

静かなはずなのに、アゲートの言葉はそれ一つ一つが鋭い切っ先のようだ。

自分が非難されたわけでもないのに、シリカの心は堪らなく痛かった。

だからだろうか。考える前に、先に口が動いてしまった。

「私は……守護獣がどういうものかをよく知りません。ですが、一緒にお生まれになったのなら、もっと歩み寄られてもいいのでは……」

キーリと姉妹のように育ってきたシリカにとって、アゲートとブラウの関係は受け入れがたいものだ。

しかし、その言葉がアゲートの感情を刺激したらしい。

「そんな昔のことなど……っ」

彼はなにかを言いかけ、そして己が向かっていた机を叩いた。ガンッという凶暴な音がする。緊張とは違う理由で、シリカはその身を震わせた。

(恐い!)

言葉がなかった。口下手《くちべた》なシリカは言葉を失ったまま、よろよろとあとずさる。

その様子に気づいたのかは分からないが、アゲートはすぐさま平静の仮面を被り直した。

「――公爵の紹介だ。すぐさま追い出したりはしない。まあ、精々頑張ってくれ」

そう言った時には既に、彼の視線は書類の上に戻っていた。

「大切なことを言い忘れるところだった。他《ほか》の使用人には極力接触しないようにしてくれ。ブラウのことは城の中でもごく少数の者しか知らない秘密だ。あんなものが次の守護獣だと知られた日には、国家の威信が揺らぐからな」

皮肉げな物言いに、シリカは悲しくなった。

だって王太子は、まるで自分のこともその言葉で傷つけているような気がしたのだ。自分の言葉に、一番深く傷ついているのは彼自身だと。

どうしてそんなふうに感じたのか――それは分からないが。

その場に残るわけにも言い返すわけにもいかず、シリカはただ震える足で、王子の部屋を後にしたのだった。

＊＊＊

(どうにかして、殿下とブラウ様の仲を取り持つことができたなら……)

一晩考えて、シリカの出した結論はそれだった。

『初対面のシリカにまで八つ当たりするなんて、よっぽどあの犬ころにイラついてるのね。その王子様は』

話を聞いたキーリは、欠伸をしながら気だるそうにそう言った。

『それで、具体的にどうやって仲良くさせるの?』

「それは……分からないけれど」

昨日出会ったばかりの守護獣に、何をすればいいのか。どうすれば問題は解決するのか。

一晩考えても、その結論は出なかった。

ただ、シリカはブラウの世話役だ。

まずは自分がブラウと仲良くならなければ、何をすることもできないと考えた。

「それは……」

『それは？』

「どうしたらいいのかなぁ？」

難しい顔から一転。涙目で、シリカはキーリに助けを求めた。

しかし、そこはさすがというか付き合いの長いキーリだ。

彼女はシリカの言葉を予想していたかのようにすくっと立ち上がると、長い尻尾をゆるゆると揺らした。

まるで〝仕方ない〟とでも言うように。

そのまま小屋の外に出て行こうとするキーリを、シリカは慌てて追う。

「ちょっとキーリ！　どこ行くの？」

すると足を止めず、優雅に歩きながら彼女は言う。

『要はあの犬ころの気が引ければいいんでしょ？　そんなの簡単にゃ』

そういって歩き続ける黒猫の背中を、戸惑いながらもシリカは追いかけるより他なかった。

キーリについて森を歩くこと半刻ほど。

「ねえキーリ、こっちは……」

『いいからついて来てったら』

戸惑うシリカにお構いなしに、キーリは足を進める。

そしてまもなく、一人と一匹は森を抜けた。空を遮っていた木立がなくなり、太陽の光がまっすぐに降り注ぐ。

冬のさなかとはいえよく晴れた日だ。シリカは思わず目の上に手をかざした。

黒い猫は切り取られた影のように、森と地続きになった裏庭を歩いて行く。しばらく行くと城の影に入った。日差しが遮られると体感温度もぐっと下がる。

禁足の森を恐れているのか、たとえ裏庭であっても人の姿は見えなかった。

森の静けさには慣れているつもりでも、人が沢山いるはずの場所が静かというのはなんだか不穏だ。

シリカは思わずキーリとの距離を詰めた。

まだ数日前にやってきたばかりなのに、キーリは構わず堂々と歩いて行く。

頼もしい友達のゆらゆら揺れる尻尾を眺めていると、思うことがある。

自分はいつも、こうしてキーリの後ろにいた。自分より体の小さな、黒い猫の後ろに。

両親のいないシリカは、なかなか人間社会に馴染《なじ》むことができなかった。育ててくれた祖母は厳しい人で、甘えるというよりはいつも怒られないようビクビクしていた。

シリカの大人しい性格が形成されたのはその頃《ころ》だろう。

キーリや他の動物たちと喋《しゃべ》ることが、彼女の唯一の慰めだった。

『ここよ！』

その声にはっとした。いつの間にかどこにいるのかも分からないほど物思いに耽《ふけ》っていたらしい。

キーリが鼻先を向けているのは城についた使用人用の素っ気ない扉だ。

そこにはガラスのはまっていない窓がいくつもあり、そして大きな煙突がついていた。

外にいても分かる活気と、食欲をそそるいい匂い。

「ここは……厨房《ちゅうぼう》？」

『そうよ！　ここでアレを貰いましょ。ついでに私の分も……』

興奮しているのか、キーリは尻尾をピンと立てている。ここにきて、シリカはようやくキーリが何を目的にここに来たのかを悟った。

その時だった。扉からメイド服を来た女の子が飛び出してきたのだ。年の頃はおそらくシリカと同じくらい。彼女は大きな木桶《きおけ》を手に持って、ふらふらと転びそうになっていた。

「危ない！」

バランスを崩した彼女に、シリカは咄嗟《とっさ》に駆け寄った。バランスを崩していた体はなんとか踏みとどまり、地面に倒れ込まずにすんだ。

「す、すいません！　ありがとうございます！」

これ以上ないぐらいに頭を下げられ、シリカは恐縮した。見知らぬ人と話すのはやっぱり苦手だ。

「あ……い、いえ」

彼女は顔を上げると、シリカの姿を見て目を丸くした。

「あれ、もしかして今日《きょう》配属になったばかりの子？」

どうやら、シリカがメイド服でもドレス姿でもないことからそう当たりをつけたらしい。

「ああ、あの、ええと……」

王太子の言葉がよぎり、思わず言いよどんだ。

ブラウのことを言うわけにはいかない。けれどそれではここにいる理由を説明できない。

「庭師の……その、見習いを……」

咄嗟に出てきたのは、そんな嘘《うそ》だった。嘘をつくことになれていないシリカは、自分の口から出た言葉に動揺した。

しかしそんな態度をどう取ったのか、彼女はにこりと笑って見せた。

「緊張しなくても大丈夫！　お城はそんな恐いところじゃないよ。あたしの名前はリィナ。よろしくね！」

木桶を地面に置くと、満面の笑顔で差し出されたリィナの手を、シリカはおずおずと握った。

＊＊＊

リィナは今から水を汲《く》んで、皿洗いをするという。

シリカは目的の物と引き換えに、彼女の仕事を手伝うことにした。

「別にそんなことしなくたって、あんなものいくらでもあげるのに……」

「でも……その、お城の話も聞きたいし、今は特に他の仕事も言いつけられてないから」

庭師の見習いで城に来たというシリカの咄嗟の嘘を、リィナは信じたようだった。

嘘をつくのは気が引けたが、守護獣のことは口止めされているし、それに庭師用の小屋に住んでいるのだから実情としては似たようなものだろう。

初めは皿洗いを見守っていたキーリも、今は芝の上で寝転んで呑気にひなたぼっこをしている。

井戸から汲んだ水は手が痛むほど冷たかった。

木桶を水でいっぱいにし、二人でざぶざぶとお皿を洗う。

リィナ一人で洗うのは大変と思われる量だった。普段からこうではなくて、今日は偶然リィナと一緒にお皿を洗うはずだったメイドが、体調を崩して休んでいるとのことだった。

「助かるわー。一人だといつ終わるかなって思ってたの。シリカは優しいね」

同年代と言うことで、二人はすぐに打ち解けることができた。

リィナの話すお城の裏話は、シリカにとって全《すべ》てはじめて知るものだった。

例えばどこどこの夫人が舞台俳優に入れあげているとか、門番の彼とメイドの誰々《だれだれ》は付き合っているらしい、など。

しかしどの登場人物も、シリカにとっては名前も知らない誰か遠くの人たちだった。

ある一人の話題を除いて――。

「それでね！　アゲート様はおっしゃったんですって。体調が悪いのならきちんと休んで出仕してくるようにって。城は病人を酷使しなければいけないほど人材不足なのか？　ってね」

まるでその場にいたかのように、リィナは生き生きと語る。

「おかげで私たち下位の使用人も、病気になったら無理せず休んでいいってことになったの。アゲート様は本当にお優しくて努力家で、政務にも熱心でらっしゃるそうだし、とても素敵だわ」

リィナの顔が夢見るようなそれに変わる。

シリカと言えば昨日《きのう》会った当人とのあまりの違いに、どう返事をしていいかも分からない。

「あら、信じてないの？」

黙りこくったのがいけなかったのかもしれない。疑うような目で見られ、思わず慌てた。

「そういうわけじゃ！　――えっと、でもどうしてアゲート殿下が政務を……？　普通、国王陛下がなさることだと思うのだけれど……」

咄嗟に疑問を口にしたら、リィナの顔は途端に悲しげなそれに変わった。

「やだシリカったら、知らないの？　国王様、もうお体の調子が大分よろしくないみたいなの。

だから最近では、政務のほとんどをアゲート様が担っていらっしゃるんですって……」

「え……っ」

初耳だった。

しかしそう言われてみれば、納得できることもある。

例えば昨日、アゲートがシリカと話している時すら机から離れようとしなかったのも、おそらくはその政務というものが立て込んでいたからに違いない。

「そうなの……大変ね」

「そうよ。おかげで最近はなかなか夜会にもお出になられないそうだし、偉いのもそれはそれで大変みたい」

リィナが我がことのようにため息をつく。

それから突然慌て出し、泡の浮かんだ水にばしゃりとお皿を戻した。

「いけない！　お城の外の人には、王様のご体調が悪いって言っちゃいけないんだっけ。でもシリカは今日からお城で働くんだし、大丈夫よね？」

様子を窺《うかが》うように、リィナが顔をのぞき込んでくる。

シリカは苦笑して、リィナを安心させるためこくこくと頷《うなず》いた。

「そういえば、シリカは庭師見習いなのよね？　どこの担当なの？　お城には庭園が沢山あるけど――」

「あ、それは森の……」

「森の!?」

シリカが答えようとすると、リィナは驚いたように手を止めた。

手入れのため森に入る庭師もいると聞いていたのに、そんなにおかしな答えだっただろうか。

もしや嘘がバレたのかと、お腹の底が一瞬ひやっとした。

シリカの危惧《きぐ》をよそに、リィナは神妙な顔で言う。

「その配置変えてもらえないの？　『禁足の森』は、幽霊が出るって噂なのよ」

「幽霊？」

「そう！　白い光の球が浮かんでるのを見たとか、肉食獣はいないはずなのに遠吠《とおぼ》えが聞こえたりとか、とにかく変な森なんだから！」

「そ、そうなんだ……」

(それってどっちも、ブラウ様が原因なんじゃ……)

森に守護獣が棲むことを知っているシリカは、すぐにピンとくる。

しかしリィナの真剣な様子に、見間違いじゃないのなんてとても言えそうにない。

「そりゃ、許可がないと入れないのは本当だけど、そうじゃなくたってみんな恐がって滅多に近寄らないんだよ？　絶対変えてもらった方がいいって！」

リィナの熱弁を前にシリカは同意も否定もできないまま、曖昧《あいまい》に笑うより他ないのだった。

＊＊＊

リィナに別れを告げ、小屋までの道をとぼとぼと歩く。

日は既に暮れ始めていて、寒さは更にその厳しさを増していた。

シリカの手には、リィナと約束していたある物の包みが抱えられている。

「国王陛下のご体調が優れないだなんて……」

足を止めて、ぽつりと呟《つぶや》く。

リィナから色々な話を聞くことができたが、シリカが一番心に引っかかったのはそのことだ。

アゲートは余裕のない様子だった。

それは、王太子としての責務が彼にのし掛かっていたからかもしれない。

彼を単純に恐い人だと思ってしまった自分のことを、シリカは一人恥じた。

それに、肉親が亡くなるというのはとても辛《つら》いことだ。物心がついた時に両親はすでにいなく、更にたった一人の家族である祖母が死んだ時、シリカは悲しかった。

その痛みを思い出して、胸に手を当てる。

国の王子であるアゲートと、ただの庶民でしかないシリカの悲しみは種類の違うものかもしれない。悲しみの度合いなんて誰も測れない。

それでも――……。

『何考えてるの？』

先を行っていたはずのキーリに話しかけられ、シリカはびくついた。

「え？」

『アゲートとかいう王子様のこと、考えてた？』

「そ、それは……」

図星だった。

シリカがあたふたしていると、キーリは「はあ」とため息をつく。

『相手に感情移入しすぎるのは、シリカの悪いクセ。そうやって前のお屋敷も追い出されたの、忘れたの？』

そう言われると、何も言えなくなってしまう。

シリカがそうやってお人好しなせいで損をしてきた場面を、キーリには一つ残らず目撃されているのだから。

毎回懲りないなとは、自分でも思う。

それでも誰かが痛い思いをするぐらいなら、自分が痛い方がましなのだ。

『大体、王子様に同情したところで何もできることはないの。シリカにできるのは、与えられた仕事を全うすることだけよ』

キーリが言うことは、何から何までもっともだった。

シリカは思わず腕の中の包みを見つめ、こくりと頷く。

確かに、王子に感情移入したところでシリカが役に立てることはそんなにない。直接仕事を手伝えるわけでもないし、国王様の病気だって治すことはできないのだから。

そんなやりとりを交わしている間に、ひとまずの家である小屋に辿《たど》り着いた。

既に日は暮れ落ちる寸前になっている。

「とりあえず、これを使って様子を見るよ」

そう言って彼女が取り出したのは、厨房から貰ってきた牛の骨だった。

太い骨には筋が残っており、生々しく赤い肉がこびりついている。

途端にキーリは骨に釘付《くぎづ》けになり、シリカの足に纏《まと》わり付き始める。

「ちょっとキーリ！　これはブラウ様の分よ。キーリの分もちゃんと貰ってきたから」

笑いながら、シリカは足元の友人に別の小さな骨をあげた。大きさは劣るがへばりついている肉の部分は大きい。

肉をちらつかせながら、シリカはキーリと小屋の中に入る。キーリ専用の餌皿に骨を入れて、まずは厨房と兼用の小さな暖炉に火を入れた。

キーリはいても立ってもいられず、夢中になって骨をかじったり舐《な》めたりし始める。

案外、自分が食べたかったからシリカを厨房に導いたのかもしれない。

『犬コロだったらこれでイチコロよ！』

キーリが楽しげに言った。

「守護獣様を犬コロなんて言わないで。キーリ」

黒猫をたしなめると、シリカはささやかな夕食の用意を始めた。

人間と喋るのは苦手なはずなのに、今日は疲れたけれど楽しい一日だったと振り返りながら。

＊＊＊

翌朝、骨を小屋の外の切株の上に置いた。

森はいつもと同じだ。空は気持ちよく晴れ渡っている。冷たい風が吹き抜けて木立を揺らした。冬眠してしまう動物も多いから、冬の森は春のそれよりも静かだ。

後は、ひたすら待つだけ。

こちらから近づいても、警戒されるだけだ。まずは自分たちの匂いに慣れてもらわなければと、シリカは思っていた。

一日二日で、どうにかなるものではない。

予想通り、守護獣は全く近寄ってこなかった。

数日、動きがなかった。

それでもキーリによると、夜中の間に様子を見に来たりはしているらしい。

シリカは毎日骨を取り替え、更にダメだった骨は洗って天日に干してみた。

守護獣はよく乾いた骨の方が好きかもしれないと思ったからだ。

五日目から、乾いた骨と新しい骨、二本の骨を一緒に置くことにした。

それから更に数日。

空いた時間は、小屋の掃除と洗濯物をして。

それが終わったらリィナのところへ行って、新しい骨を貰いがてら色々な話を聞く。

おかげで、城に来てたった数日だというのにシリカはすっかり情報通だ。

リィナの同僚はまだ具合が悪いらしく、皿洗いの手伝いをするといつも喜ばれた。

シリカとしても、同世代の人間で親しい相手など今までいなかったから、リィナとの関係は目新しく素敵なもののように思える。

リィナはいい子だ。

噂好きだけれど、誰かの悪口を言うようなことはない。

明るくて親切で、たまにシリカに賄《まかな》いの残りをくれたりもする。

(友達って、こんな感じなのかな……?)

キーリしか友達のいなかったシリカには、その親しさが特別なものなのかそうじゃないのかが分からない。

ちなみに、シリカがリィナと話している時、キーリはいつもつまらなそうにしている。リィナに貰った肉のついた骨をあげれば、すぐに収まる程度の些細《ささい》なものだが。


「お城に来てよかったね」

小さなテーブルにクロスを広げると、それだけで部屋の中に温かみが増した気がした。

まだ公爵家で働く前、追い出されてしまった屋敷で働いていた時になけなしのお金で買った布地だ。折を見て服を作るつもりだったが、公爵家で沢山用意してもらったので端を縫ってクロスにすることにした。

色味は少ないが可愛らしい小花柄のクロス。

村を出て以来、テーブルもない共同の部屋に住み込みで働いてきたから、部屋を自分好みに整えることがこんなにも楽しいことだなんて知らなかった。

朝は小鳥たちの歌で目が覚める。

鳥たちも少しずつシリカの存在に慣れてきたようだ。

会うことはできなくても、鳥たちが毎日守護獣の様子を教えてくれる。

――今日も穴を掘った。昨日も穴を掘った。一昨日は岩の上で昼寝。そんなふうに。

鳥の言うことを信じるなら、ブラウは森の中で何をするでもなく、ただ毎日を無為に暮らしているらしい。

近しい動物もなく、一匹でいることが多いようだ。

（お寂しくはないのかな？）

シリカは、そう思わずにはいられなかった。

二十年以上この生活を続けてきたのだとすれば、そんなのは切なすぎる。

狼は群れで行動する生き物だ。精霊であるブラウがその特徴に当てはまらないと言っても、やはり同族のいない暮らしは寂しいに違いない。

唯一同時に生まれた王太子すら、ブラウに対してはあの態度だ。

（ブラウ様は懐かないのではなくて……誰かを信じるほどお側《そば》に寄せたことがないのかもしれない）

シリカに精霊の気持ちは分からない。

それでも、居るべき相手が側にいない寂しさなら分かるつもりだ。

子供の頃、他の子と違って両親のいない自分を嘆き、そのたびに祖母を困らせてきた。

口では寂しくないと言いながら、いつか両親が迎えに来てくれるんじゃないかという希望を捨てられなかった。

祖母は厳しかったけれど、決してシリカを蔑《ないがし》ろにするような人ではなかった。

愛されていたのだと、今になってみれば分かる。

祖母はシリカが一人残されても大丈夫なように、繕い物や料理を教え若くても独り立ちできるよう心を砕いてくれていた。

そのことが分かるようになってきたのは、つい最近のことだ。

生きるには愛情が必要だ。

(それは守護獣様だって同じでしょ?)

守護獣のことを考える時、シリカはそんなふうに思うのだ。

一人と一匹が小屋に住み始めて十日を過ぎた頃。

相変わらずブラウは近寄ってこないが、朝切株に行ってみるとその近くに小さな足跡があった。

他の小動物のものではない。

そして守護獣のためのこの森に、その守護獣より大きな獣はいない。

『思ったより早かったわね』

キーリが足跡の匂いを嗅ぎながら言った。

「じゃあ、やっぱりこれブラウ様の!?」

喜ぶシリカに、キーリはゆったりと笑った。

『足跡を残すぐらいなら、骨ごと持って行っちゃえばいいのにね。不器用な犬』

「こらキーリ。ブラウ様を犬って呼ぶのは止《や》めて。犬じゃなくて狼なんだから。それに、様をつけないなんて不敬でしょ」

『にゃにゃー？　付き合いの長い私よりも、シリカはあの犬コロを取るの？』

「取るとか取らないの問題じゃないよ。相手が言われて嫌なことを、言わないのは当然のことなの」

『つまんにゃいつまんにゃい！　シリカはすっかり犬コロの世話役気取り！』

「気取りじゃなくて世話役なの！　もう、キーリったらふてくされてないで協力してよ」

いつも姉ぶっている猫が拗《す》ねているのが可愛くて、シリカは思わず黒猫を抱き上げた。

普段のキーリなら、こんなふうにシリカに絡んでくるようなことはない。

シリカにリィナという友達ができて、拗ねているのだろう。それがたまらなく愛《いと》しくて、シリカはキーリの背にすりすりと頬ずりをした。

＊＊＊

そこからが、また長かった。

守護獣は思った以上に警戒心が強く、見張っているわけでもないのにかたくなに骨を持って行こうとはしない。

（近づいてくださるということは、興味はおありになるはずなのだけれど……）

こうなれば我慢比べだ。

公爵が言っていた、前任者がブラウに怪しい薬を飲ませようとしたというのは、本当のことなのかもしれない。

そしてそのことがあったから、守護獣がシリカの用意した骨を警戒しているというのは十分に考えられることだった。

しかしそうなってくると、初日に不用意に近づいて逃げられたのが悔やまれる。

こちらから出向いても警戒心を煽《あお》るだけだ。

なかなか接触を許してくれない獣に対して、できることは辛抱強く待つことだけなのだった。

「困ったね。まさかこんなにも、人間がお嫌いだなんて」

『いっそのこと、私が首根っこ噛《か》んで連れてこようか？』

キーリの目が、獲物を狙《ねら》う時のようにきらりと光る。どうも冗談で言ってるわけではないらしい。

「だめだよキーリ。そんなことしたら、ブラウ様に失礼になってしまう」

慌ててたしなめると、キーリはつまらなそうに毛繕いを始めてしまった。

シリカは一人、頭を抱える。

いつまでもこの状態では、守護獣と王太子を仲直りさせるなんていつになることやら。

今までシリカは、初対面の動物とでもすぐに仲良くなることができた。理由は簡単。言葉が通じるからだ。

言葉さえ通じれば、動物が何を望んでいるのかが分かる。向こうが嫌なことだってしなくてすむ。

けれど守護獣は、言葉が通じる通じない以前に側《そば》にすら近寄らせてくれない。

嫌われてはいけないとこちらからは近づかずにいたが、これほど成果のない日々が続くと、このままでは何もできずに追い出されてしまうかもしれないと不安になる。

（どうすれば、ブラウ様は心を開いてくださるのだろう？）

彼女は、初めて会った時のその白い毛並みを思い出す。輝くような白は、まるで故郷の山に積もった雪のように眩《まぶ》しく光っていた。

本当はその柔らかそうな毛皮を撫《な》でてみたいが、この状況ではなかなかに難しい。

毛繕いに夢中なキーリを横目に、シリカは一人守護獣と仲良くなるための方策を練った。


そして翌日。

シリカは思いきって、切株の上でブラウを待つことにした。

膝に骨を乗せて、ひたすらに待つのだ。ブラウは主に夜行動しているらしいので、昼間たっぷり寝て夕方から外に出る。

本来、夜の森でこんなことをするのは危険だ。けれどここはお城の敷地内にある森である。

自然なように見えて厳密に管理されており、肉食獣は城壁によって入ってこれないようになっている。

季節は冬の終わり。夜はまだまだ肌寒い。

シリカは服の上から分厚い毛織物を巻き付け、ブラウを待った。

キーリとは相性がよくなさそうなので、彼女には小屋の中で待ってもらっている。

外で待つというシリカをキーリは心配していたが、危険なことがあったらすぐに小屋に戻るということで納得してくれた。

祖母が死んで身寄りのいなくなったシリカにとって、キーリは姉であり妹であり母であり我が子だ。

生まれた時から片時も離れたことがなく、これからも離れようとは思わない。

――と、星を見上げながらぼんやりと思いを馳《は》せていたら、視界の隅に白くもこもことした何かが映った。

ブラウだ。

足音もなく、いつの間にか近づいていたらしい。

空を飛ぶこともできるのだから、気配を無くして近づくことなど安易だろう。

それどころか隠れて近づくこともできるはずなのに、わざわざ姿を見せているのはシリカに存在を知らせるためか。

相手を驚かせてしまわないよう、シリカは向こうから話しかけられるのを待った。

はあと吐き出した息が白くなるのを数えて、それが十回を超えた頃。

『……おい、女』

愛らしい外見に反して、その言葉はぶっきらぼうだった。

『その骨を寄越せ』

不本意そうに言う声に、喜びが溢《あふ》れ出してくる。けれどそれを悟らせないように、シリカは落ち着いた口調で返事をした。

「洗った骨と洗っていない骨。どちらがよろしいですか？」

『……洗った方を頼む』

意外だった。血肉がついた骨よりも、綺麗《きれい》に洗った骨の方がいいのだという。

しかしシリカはそのことは表情に出さず、にっこりと笑って所望された品を差し出した。

実際、彼が話しかけてきてくれたことが嬉しかったのだ。

ブラウは切株のすぐ側で、骨をがじがじと噛み始めた。子犬のようなブラウに、その骨は少し大きすぎたようだった。

明日からはもっと、小さい部位の骨にすべきかもしれない。

体は凍えるほど寒かったが、心は喜びに満ち溢れていた。

シリカはじっと、自分の用意した骨に齧《かじ》り付くブラウを見つめた。

『……お前は変わった人間だな』

一通り、がじがじし終わって気が済んだらしい。前脚で骨を弄《もてあそ》びつつ、守護獣が話しかけてきた。

「よく言われます」

シリカは苦笑する。人間よりも動物とばかり仲良くするシリカは、どこへ行っても変わり者として扱われることが多い。

動物と喋れることがバレないように、できるだけ周囲と関わらないようにしていることもその原因かもしれない。

寂しいと思うこともあるが、もう慣れてしまった。

キーリがいればそれでいいと、割り切るようにしている。

『お前のような人間は初めてだ……』

ぱちくりと、ブラウが青い目を瞬《まばた》かせる。

「確かに、ブラウ様の言葉が分かる者は少ないかもしれません」

『そうではない。俺は動物ではなく精霊だぞ？　喋れずとも人間の考えていることなどお見通しだ』

「まあ、そうなのですか？」

シリカが驚くと、ブラウは心なしか胸を張った。

『当たり前だろう。俺はアゲートのやつと魂の奥深くで繋《つな》がっている。あいつが感じたものを感じ、離れていても同じものを見ることだってできるのだ』

「じゃあいつでも殿下と一緒ですね！　素敵です」

はしゃいで言うシリカに、子犬が呆れたような顔をした。

『なにが素晴らしいもんか。あいつは心の底から俺を嫌ってる。成長しない俺を恥じているんだ』

「ブラウ様……」

掛ける言葉がなかった。

王太子が自分を嫌っていることを、この守護獣は知っていたのだ。

気安い慰めは、逆に相手を傷つけることもある。

そんなことはないと、シリカは嘘でも言えなかった。

アゲートが己の守護獣に苛立《いらだ》っている様を、実際に自分の目で見てしまったから。

『あいつも昔は……ああじゃなかったんだけどな』

小さな獣が、ほろ苦く笑う気配がした。

あどけない外見にそぐわない、悲しげな横顔。

その時不意に、シリカはアゲートとブラウがそれぞれに口にした〝昔〟という言葉が気になった。

今は互いに避け合っている青年と獣も、昔はそんな関係ではなかったということなのだろうか。言葉の意味を知りたかったが、尋ねてもきっとこの獣は答えてはくれないだろう。シリカには直感でそれが分かった。

心優しいと言われる王子が激高して壁を叩くほどに、その昔というのは彼らにとって禁忌のように感じられたからだ。

だから、シリカは別の言葉を選んだ。

「ブラウ様。私はこの森に来たばかりで、あなた様のことをよく知りません。でも、知りたいんです。もっと色々なことを……どんなものを見て、何を感じていらっしゃるのかを」

シリカの言葉に、ブラウは驚いたように目を見開いた。

青い神秘的な目が、くりくりとこぼれ落ちそうになっている。

普通動物は表情で感情を表したりしないものだが、この獣は違うらしい。

『お前は本当に、変わった人間だな』

「よく言われます」

同じ言葉を繰り返す。だって本当のことだ。

小さく笑いながら、白い獣がばさばさと尻尾を振る。

『これは愉快。久々にお前のような人間に会った』

暗闇《くらやみ》の中に浮かぶ白くふわふわとした獣は、ひどく幻想的だ。

『特別に、俺の側に寄るのを許してやろう。代わりに毎日の骨を用意するなら——』

「用意します！」

ブラウの言葉を遮るように、シリカは叫んだ。

じわじわと、お腹の底から震えるような喜びが湧《わ》き上がってくる。

ひゅうと冷たい風が吹いた。けれどそんなこと気にならないくらいシリカは興奮していた。

空に浮かぶ無数の星が、笑い合う人間と精霊をひっそりと見守っている。

＊＊＊

世話役に、みすぼらしい少女を雇ってからひと月後。

隠れて様子を見に来たアゲートが目にしたのは、信じがたい光景だった。

「ブラウ様。そんなところで寝てはだめですよ」

そう言いながら、切株の上で眠る白い獣を世話役の少女が抱き上げている。子犬に似た狼は、起きる様子もなくその手に抱かれていた。

それを見ただけで、アゲートは驚きのあまり身動きが取れなくなった。本当はすぐに声を掛けるつもりでいたのだが、喉《のど》から何も声が出なくなる。

（あの誰にも触らせようとしなかったブラウが？　まさか！）

見間違いではないのかと、アゲートは何度もその光景を見直した。

しかし何度瞬きをしようが、白い獣が少女の手に大人しく収まっている状況に変化はない。

その時、にゃーんと彼女の飼い猫が鳴いた。

はっとする。そして同時に、少女がアゲートの存在に気づいた。

「お、王太子殿下？」

その声には、戸惑いと恐れが感じられた。

釣られるように、先ほどまで寝ていたブラウが飛び起きる。

「きゃっ！」

そして彼は少女の手を飛び出し、森の中に飛び込んでしまった。あまりの素早さに、アゲートはふさふさと揺れる尻尾を見送ることしかできなかった。

一瞬茫然としてしまうが、慌てて少女に近づきその手を掴《つか》む。

アゲートの態度に驚いたのだろう。少女は驚き、小さな小さな悲鳴を上げた。

「どういうことだ？」

「どういうこと、とは……？」

詰め寄るアゲートに、少女もじりじりとあとずさる。

「わずかひと月たらずで、一体どんな手を使った!?　まさか妙な薬でも飲ませたんじゃないだろうな!?」

アゲートの脳裏にまず浮かんだのは、少女の前任者が守護獣に飲ませようとした薬のこと

だった。

いくらコミュニケーションがうまくいっていない守護獣とはいえ、国の宝ともいえる存在に薬を盛られるわけにはいかない。

「く、薬なんてっ……そんなことしていません！」

その焦りが強引な態度に繋がったわけだが、恐怖で顔を引きつらせる少女は、嘘を言っているようには見えなかった。

大体、彼女の荷物はほとんど公爵が都合したはずで、彼女が危険な薬を持ち込んでいる可能性は限りなく低いということに思い当たる。

アゲートは彼女を掴んでいた手を離すと、努めて冷静になろうとした。

「本当に、薬など飲ませていないと？」

常に完璧《かんぺき》な王太子を心がける彼が、これほどまでに取り乱すなど常にないことだ。

「は、はい……」

そう言いながらも、少女の体は小刻みに震えている。

彼女が飼っている愛猫が、アゲートの足元で毛を逆立てていた。

シャー！

今にも飛びかかってきそうなその態度に、少女から距離を置く。

どうすればいいのか、アゲートは戸惑った。今まで女性相手に怒りを露《あら》わにしたことはないし、ましてやこんなふうに怯えられたことは一度もない。

（細い手首だった）

アゲートの手に残る感触が、彼の罪悪感をより煽った。

「そうか……」

アゲートの動揺ぶりが伝わったのだろう。

少女はアゲートを恐がるのを止め、おずおずと不器用な笑みを浮かべた。

「あの、良かったら……お茶でも飲んでいかれませんか？　ブラウ様はもういらっしゃらないでしょうが、私に分かることでしたら、何でもお話しいたします」

アゲートは迷った末、シリカの誘いを受けることにした。

本来ならば、未婚の若い女性と二人きりでお茶など飲むべきではない。

しかし少女は礼を尽くすべき令嬢ではなかったし、なによりアゲートは彼女が守護獣を懐かせた方法を一刻も早く知りたかった。

狭い小屋に招き入れられ、椅子《いす》を進められる。

手狭ではあるが、部屋の中は清潔で居心地よく整えられていた。無骨な木の椅子には手作りらしいクッションが敷かれ、テーブルにも同柄のクロスが広げられている。

本来は庭師などが休憩するために建てられた小屋だから、こんなものが用意されているはずがない。

少女の私物なのだろう。

戸棚の上では先ほどの黒猫がアゲートを警戒しているのが分かった。

「申し訳ありません。お口に合わないでしょうが……」

出されたお茶も、いつも飲んでいるのとは違う雑味の多い味だ。しかし蜂蜜《はちみつ》が垂らされているのか、疲れた体には心地よかった。

「いや。世話をかける。それで、どうやってブラウを懐かせた？　何か特別な方法でも使ったのか？」

自分でも焦っていると自覚しながら、アゲートは矢継ぎ早に質問を口にした。

今度は少女も怯えることなく、考えをまとめるようにゆっくり息を吸った。そして小さな口が慎重に開かれる。

彼女が口にしたのは、思いもよらないことだった。

「ブラウ様は、殿下がおっしゃったような方ではないと思います」

一瞬、アゲートは何を言われたのか理解できなかった。

あの身勝手な守護獣を、少女はそうではないという。

ついひと月前に城に来たばかりの少女が。

「一体どういうことだ？」

「ブラウ様は……見た目は確かに幼くていらっしゃいますが、本当は用心深く聡明な方だと思うんです」

「馬鹿な。あの森にこもって穴掘りに明け暮れる獣が、聡明？　笑わせるな」

アゲートの声音が、知らず一気に冷たくなる。

怒りとは熱いもののように思えるが、深い怒りは冷たいのだ。彼はたった今、そのことを実感していた。

自らの守護獣が聡明であるならば、アゲートの今までの苦労はなんだったというのだろう。

ブラウの成長には己の成長が不可欠だと言い聞かせ、鍛錬に勉学にと励んだ毎日は。

しかし彼の苦労は、一度だって実ったことはなかった。

ブラウは小さいまま。

アゲートが十五で成人した年、守護獣を禁足の森に隠すと決まった。

成長しない守護獣を人目に晒《さら》しては、国民に不信感を与える危険性があるからだ。

アゲートを心配し、それらの労を担ってくれたのは公爵のユルゲンだった。遠く王家の血を引くユルゲンは、自らも高位の王位継承権を持ちながらアゲートを応援してくれている。

両親やユルゲン、そして国民の期待に応《こた》えるために、アゲートは一刻も早くブラウを成長させたいのだった。

しかし悪戯《いたずら》に時は過ぎ、父王が病に倒れた今ではとぼけた子犬に構っている暇すらない。

――いっそ、父上のアークを受け継ぐことができたなら……。

アークというのは、現国王の守護獣である大鷹の名だ。

守護獣は主《あるじ》である王が死ぬとその骸《むくろ》と共に姿を消すと言われているが、それを足止めしてなんとか自分の守護獣にできないかと、考えてしまうほどにアゲートは追い詰められていた。

もし今国王が亡くなれば、後を継ぐアゲートは戴冠《たいかん》の儀で守護獣の力を国民に示さねばならない。

それが建国以来の、クインベリーの習わしなのだ。

故に父が伏せって以来、アゲートは今まで以上にブラウに対する苛立ちを隠せなくなっていた。

父の快癒を祈りながら一方で、未熟な守護獣を見た国民の落胆する様を想像しては、毎夜悪夢で飛び起きる。

そんなアゲートに対して、ためらいがちに告げられた少女の言葉は驚くべきものだった。

「ブラウ様はおっしゃいました……自分は殿下と魂で繋がっているから、離れていても殿下の想《おも》いを感じることができるし、そして殿下と同じものを見ることができるのだと……」

「……なんだと？」

代々守護獣と共に歩んできたリヒトホーフェン家。その王家に生まれ育ちながら、シリカの話はアゲートにも覚えのないものだった。

「確かに、過去には王の危機を察知して、離れた場所にいた守護獣が駆け付けた例がないわけではない。ではないが……。しかし、どうしてお前にそんなことが分かる？　まるでブラウから、直接聞いたとでもいうような口ぶりじゃないか」

そんなことあるはずがないと、アゲートは我知らず皮肉気に言い放っていた。

守護獣は賢く、主人の命令を忠実に理解することができるが、人語を喋ることはできない。

歴代の王の中には言葉を教えようとした者もいたようだが、守護獣には人間の言葉を発することのできる発声器官がないのである。

それに、少女の言葉を信じるなら、ブラウはアゲートの苛立ちや企みを、全て知っているということになる。

分かっていながらどうして成長しないのかという苛立ちを感じる一方で、アゲートはアークを代わりにしようとしていたことがひどく後ろめたく感じられた。

「それは……」

「ブラウを懐かせたのは見事だが、適当なことを言って俺を謀《はか》ろうとしているのではないだろうな？」

感情を殺してアゲートが言うと、今まで棚の上で丸くなっていた黒猫が、再び牙をむいた。

猫は尻尾を膨らませ、全力でアゲートを威嚇している。

「キーリやめて！」

シリカがアゲートを庇《かば》うように間に入った。

水を差された形のアゲートは、ふと我に返る。

公爵の紹介である娘を、容易《たやす》く疑ってしまったのはよくなかった。アゲートは椅子に座り直し、大きく息を吐いた。

「俺の気持ちが分かるというなら、どうしてあの狼は少しも成長しようとしないんだ」

幼い頃、アゲートは美しい獣が自分の守護獣であることが誇らしかった。

なのに気づくと、幼いまま成長する兆しのないブラウを疎ましいと思うようになっていた。

守護獣は次期国王と共に成長すると言われてる。だというのに、アゲートが十歳を過ぎようと白い狼の見た目はちっとも変わることがなかった。

そのせいで、今までどれだけ努力しようと、国王の適性がないのではという声は消えたことがなかった。

アゲートは知っている。父王が自分の扱いに苦慮していたことを。そして母が、そんな自分を疎んでいることを。

それら全てが、ブラウのせいというわけではない。

けれどブラウが普通に成長していたら、こんな苦悩を抱え込まずに済んだのは確かだ。

「っ……まだ遅くないです！」

過去に思いを馳せていたアゲートは、少女の声で唐突に現実に引き戻された。

いつの間にか彼女は飼い猫を抱きかかえ、その爪《つめ》がアゲートを傷つけないよう少し距離を取っている。

「わ、私は！　ブラウ様がアゲート様や国のことがどうでもよくて、森に籠《こ》もっているわけじゃないと思うんです！　なにか理由があって、あのお姿のままなんじゃ……」

「理由？　それはどんな？」

既に落胆も露わな問いに、少女は言いよどむ。

年下の少女に突っかかるような物言いをするのは心苦しい。

しかしその内容を思うと、アゲートはひどく白々しい気持ちになってしまうのだ。

それはそれだけ長い間、彼がブラウのことで悩み続けてきた反動かもしれなかった。

「それは分かりません。でも、時間をください。ようやく少しずつ慣れてきてくださったんです。ブラウ様があのお姿のままでいる理由も、もしかしたらそのうち分かるかも……」

少女の言葉は、アゲートの中にすっかり枯れ果てていた希望を呼び起こそうとしていた。

しかし、もう長年希望を裏切られ続けてきたのである。そう簡単に信じられるはずもない。

ただ、少女は怯えながらもまっすぐにアゲートのことを見つめ続けた。

そしてその時初めて、アゲートは少女の目が綺麗な金色であることに気がついた。なんの衒《てら》いもない、まっすぐな眼差《まなざ》し。

アゲートを騙《だま》したり、謀ろうとしているようにはどうしても見えなかった。

「好きにするといい……」

ため息のように言うと、アゲートは自分の向かい側の席を指さした。

「お前……そこに座れ」

すると少女は、とんでもないというように激しく首を横に振る。

「で、殿下と対面で席に着くなど、恐れ多いことです！」

今まで雇った世話役たちは、我こそはという自信家が多かった。中には王子であるアゲートに、不遜《ふそん》な態度をとる者もいた。

それはおそらく、彼らがわざわざ他国から招いた高名な専門家たちだったからだろう。動物の調教に秀でた者。あるいは精霊について長年学問をしているその道の権威。

誰もが自信を持っていた。しかしその全員が、敢《あ》えなく失敗して城を去っていったのだ。

「いいから座ってくれ。これでは落ち着いて話もできない」

そう言うとようやく、少女は恐る恐る席に着いた。

しかしその手には相変わらず、アゲートをグルルと威嚇する黒猫が抱かれている。

「キーリを抱いたままで失礼します……」

彼女は申し訳なさそうに縮こまっている。

年頃の女性に我も我もと話しかけられたことはあっても、こんなふうに怯えられた経験はそうないことだ。

社交の席で、女性を上手く扱う方法は心得ているつもりだ。

失礼にならないよう誘いを断る方法も、あるいは気を持っていないとそれとなく伝えるのだって慣れっこだ。

しかしこうして、自分に怯える相手から話を聞き出すとなると、アゲートは途端に困ってしまうのだった。

女性というのは、こちらの事情なんて構わずペラペラ喋るものだと思っていた。

アゲートはそれらを受け流す方法ばかりが上手くて、こんなふうに面と向かい合って怯える相手から話を聞くという状況に置かれたことがなかったのだ。

そもそも、侍従と言葉を交わすことはあっても、女性使用人と言葉を交わす機会などそうはない。

「とにかく、どうやったのかだけでも話してはくれないだろうか？　アレは今まで誰にも懐かなかった。それをこんな短期間で――」

アゲートはコツコツと指先でテーブルを叩いた。

すると驚いたことに、猫を抱いたままの少女が決然とアゲートの言葉を遮ったではないか。

「殿下、失礼ながら」

か細い声で、けれどその目はしっかりとアゲートを見つめていた。

その顔は、悲しいような困ったような、不思議な表情だった。

「ブラウ様を、〝アレ〟なんて呼ばないであげてください」

二人の間に沈黙が落ちる。

アゲートはなんと返していいのか分からなくなった。

彼にとって、あまりにも思いもよらない言葉だったからだ。

言葉を直されるなど、幼い頃マナー講師に師事した時以来だった。

ひどく怯えている様子なのに、どうしてこんなまっすぐな目をしているのか。震えながら、どうしてそんな些細な違いにこだわるのか。

アゲートはその夜初めて、ブラウのことは関係なくこの少女に興味を抱いた。

それはあまりにも、彼の周りにいる人々とは違う反応だったので。

「……分かった」

そう言って、アゲートは席を立った。

少女が一層不安そうに見上げてくる。

アゲートに釣られるように立ち上がった彼女は、何も言わず小屋の外に出たアゲートの後を、怯えながらついてきた。

「殿下あの！　気分を害されたのなら謝ります。でも私は……っ」

それが今にも泣きそうな声だったので、アゲートは途端に自分が情けなくなった。

このまま話を打ち切れば、少女はどうしたってアゲートを怒らせたのだと感じるだろう。

「気にするな。長居しすぎた。執務に戻るだけだ」

そう言うと、彼女は目に見えて安堵《あんど》したようだった。彼女の腕から、抱えられたままだった猫がするりと飛び降りる。

「それに、辞めさせたりもしない。どうせ他の候補もいないんだ。せいぜいブラウと仲良くやってくれ」

どうにかそれだけ言うと、アゲートは逃げるように森を後にした。

どうして逃げているような気持ちになるのか、それは自分でも分からなかった。

ただ何度も首をもたげそうになる希望を打ち消しては、執務の途中にまっすぐな金の色彩を思い出すのだった。

＊＊＊

小屋の外で王子を見送った後、シリカは思わずその場に座り込んでしまった。

『なにやってるのシリカ？　早く中に……』

キーリが不思議そうにシリカの周りをくるくると歩き回る。

「ごめんちょっと待って。足が震えて……」

けれど彼女は立てなくなってしまっていた。足だけではなく手も体も、目に見えてぶるぶると震えている。

「シリカ……」

なんだかんだ言いながら優しいキーリは、震えるシリカの側に寄り添ってくれる。

その艶《つや》やかな毛皮を撫でながら、シリカは必死に冷静さを取り戻そうとした。

気を張っていたから平気だったのだろう。

でもアゲートがいなくなったと思ったら、もうダメだった。

足は萎《な》えて立てないし、言葉を喋るのにも苦労するほど口だってカラカラ。

シリカはアゲートといる間、ずっと恐くて仕方なかった。以前彼が壁を叩いた音を忘れられずにいたせいだ。

でもなんとか話すことができたのは、リィナから彼が本当は優しい王子だということを聞いていたおかげだった。

人間相手には口数が少なくて、どうしても引いてしまうことの多いシリカだ。

けれどいくら本当は優しいと知っていたって、シリカはその場面を見たことがない。リィナを疑うわけではないけれど、その青い目をじっと見つめるのには大層な勇気が要った。

「まあ頑張ってたわよ、シリカは。人間相手にあんなに必死に喋ってるとこ、久しぶりに見たもの」

猫のキーリですら、そう感じたようだ。

シリカは本当に本当に、頑張ったのだった。

なぜって――――それはひとえに、王子とブラウに仲良くなってほしいから。

仕事だから、というのも勿論《もちろん》ある。でも今では、それだけではなくなっている自分をシリカは知っている。

ここしばらくブラウと接してみて、彼女はその守護獣が王子の言うようないい加減な性格の獣ではないと感じていた。

だからこそ、ブラウを〝アレ〟と呼ぶアゲートが我慢ならなかったのだ。

けれど今になって、自分のしたことの恐ろしさに震えていたりする。

『随分威勢がよかったな』

そんなシリカの頭上から、突然こんな言葉が落ちてきた。

驚いて見上げると、そこには白くふさふさした獣が浮かんでいる。

『ブラウ様！』

シリカは慌てて姿勢を正した。

本当は立ち上がりたかったのだが、まだ震えが止まらず立ち上がることができなかったのだ。

ブラウはシリカの目の前まで降りてくると、ふさふさとした尻尾をゆっくりと揺らした。

『俺のことでアゲートに意見したって、いいことないぞ。お前はあいつに雇われてるんだからな』

『ちょっと！　シリカはアンタを庇ったってのに、そんな言い方ないでしょ！』

キーリが毛を逆立て尻尾を膨らませる。

落ち着いてと言うかわりに、シリカはその背中をよしよしと撫でた。

「ブラウ様、心配してくださってありがとうございます。でも、私が我慢ならなかったんです。それに、殿下は私を許してくださいましたよ」

無理をして微笑《ほほえ》む。顔は少し引きつっているだろうが、ブラウの言葉が嬉しいのは本当だ。

『べ、別に、心配してるわけじゃない！　勘違いするな！』

獣は興奮したように、尻尾をぶんぶんと左右に振りまわす。

(私にはやっぱり、ブラウ様が殿下がおっしゃるような方だとは思えない。成長しないのには、なにか特別な理由があるんじゃないのかな？)

ずっと無意識に感じ続けてきた違和感が、ようやくはっきりとした輪郭を持った気がした。

けれどなぜか、その質問を直接守護獣に問いかけることはできなかった。

ようやく話してくれるようになったとはいえ、この森でシリカはまだよそ者のままだ。

もっと時間が――そしてできることならきっかけが必要だと、シリカは風に揺れるブラウの毛並みを見上げながら思った。

＊＊＊

けれど、本当に大変なことが起こったのはその翌日のことだった。

駆け足で通り過ぎる冬の夕刻、王子は再び森へとやってきた。

「殿下！」

シリカは驚いて駆け寄る。

ちょうど、斧《おの》を使って薪《まき》割りをしていたところだった。

すごく時間がかかったけれど、これで数日は薪の心配をしなくてすむ。

シリカはほぼ自給自足に近い村で祖母と二人の生活をしてきたので、力仕事には慣れているのだ。

といっても、その姿を見たアゲートは大層驚いたようだが。

「自分で薪割りをしていたのか？」

彼の白皙《はくせき》の顔には、はっきりと『信じられない』という言葉が刻まれていた。

シリカは苦笑しながら、既にまめだらけになっている手を袖《そで》の中に隠した。

高貴な子女達が、こんなことをしないことぐらいシリカだって知っている。でも城の人たちと極力関わるなと言われたら、どうしたってこんなふうに必要な物は自分で用意しなければならなかったのだ。

シリカが言いよどんでいると、アゲートは大きなため息をついて言った。

「食料を届けている者に、必要な物があればなんでも言って構わない」

「あ……お気遣いいただきありがとうございます。でも薪ならそこら中にありますし、特に必要な物なんて……」

質素な暮らしに慣れきったシリカである。

現在の静かな生活に、これといって不自由を感じていなかった。

食料は数日に一回、まとめて庭師らしい男が届けに来る。衣服は公爵が用意してくれた物だけで十分すぎるほどで、他に何がほしいかと問われても困ってしまうぐらいだ。

アゲートはアゲートで、世話役の前任者が多額の報酬を要求するような者ばかりだったせいで、シリカが薪割りも自分でしなければならないような生活をしているなど思いもよらなかったのだった。

アゲートにとって、シリカは今まで接したことのないタイプの少女だった。

大人しそうに見えて、ブラウのこととなるとアゲートにまっすぐ反論してきたりする。

自分のこととなると、これほどまで無頓着《むとんちゃく》であるにもかかわらず、だ。

「お前に会うと、いつも調子が狂う」

アゲートが苛立たしげに前髪をかき上げると、少女は申し訳なさそうに肩を竦めた。

「申し訳ありません……」

「やけにしおらしいな？　俺に腹を立てていたのではなかったのか？」

「殿下に対してそのようなことは……」

シリカが恐縮すると、アゲートは更に調子が狂うとでも言わんばかりに自分の前髪を乱した。

二人の間に沈黙が落ちる。

夕闇はどんどん迫り、東の空には星が輝き始めた。

シリカがぶるりと体を震わせる。薪割りで上がった体温が下がって、汗と日暮れにより体が冷えてきたのだ。

すると、やっとのことでアゲートが口を開いた。

「ア……ブラウはどうしている？」

昨日のことがあるからか、アゲートは己の守護獣を名前で呼んだ。

それは当たり前のことなのに、シリカをひどく驚かせ、そしてその心をぽかぽかと温めたのだった。

「お元気になさってますよ。今日も岩場で穴掘りをなさっていたようです。本当に穴掘りが好きなご様子で――」

けれどシリカがそこまで言った時、アゲートの表情が不快そうに歪んだ。

「呑気に穴掘りだと？　もう時間がないというのに、アイツは……っ」

「殿下⁉」

時間がないという言葉の意味が、シリカには分からなかった。

ただ怒りのやり場もなく髪を振り乱したアゲートのことを、驚いて見上げていることしかできない。

「く……っ」

彼は怒りを押し殺すように、俯《うつむ》いて短く息を吐いた。

なぜかそれが、シリカには泣いているように見えて。

「もうどうしようもないのか！　どう頑張ったところで俺には……っ」

「で、殿下突然どうなさったのですか⁉　落ち着いてください！　とにかく中へ……」

昨日とは明らかに違う王子の様子に、シリカはとにかく小屋の中へ案内しようとした。

しかし彼はそれを乱暴に振り払う。

シリカの体は受け身もとれず草の上に叩きつけられた。

衝撃が彼女を襲う。

シリカを庇うように、黒猫が彼女とアゲートの間に立ちはだかった。

フシャーという威嚇も露わな鳴き声。

はっと我に返ったアゲートが、シリカを助け起こそうとする。

その時だった。

アオアオーン！

闇を切り裂くような鳴き声。

はっとして二人がそちらを見れば、すっかり日の暮れた闇の中に白銀の毛皮が浮かび上がっていた。青い瞳が闇の中で怪しく光る。

『カエレ！』

その時初めて、アゲートはブラウの声を聞いた。

鳴き声ではなく、頭に響くような不思議なその〝声〟を。

「ブラウ様！」

シリカが叫ぶ。

彼女は己の体を庇いながら、よろよろと立ち上がるところだった。

「あ……」

咄嗟にアゲートが手を差し伸べようとすると、彼の体を突然の突風が吹き飛ばした。

木々の茂る森の中で突風など起こりようがない。まして今日はほとんど風のない穏やかな一日だったというのに。

「ブラウ様やめて！　殿下、お逃げになってください！」

わけも分からず、アゲートはその言葉に従った。

このままここにいてはいけないと、本能が彼に囁く。

そんなアゲートの背中に、微《かす》かな〝声〟が聞こえた気がした。

――忘れてしまったのか。

――アゲート。

――思い出してくれ！

不思議なその〝声〟からは、なぜかどうしようもなく深い悲しみが感じられたのだった。

＊＊＊

息を切らして森から戻ったアゲートのことを、長年勤めている侍従がいぶかしげに見つめていた。

「一体何があったのでございますか？」

彼の手には、先ほどまでアゲートが着ていた外套《がいとう》が広げられている。

吹き飛ばされたときについた汚れに、侍従は眉を顰《ひそ》めた。

「森へはどうしても一人でとおっしゃるから、護衛をつけないでいるのですよ？　もし禁足の森に殿下を害する何かがあるのでしたら、次からは護衛を連れて行ってくださいませんと」

侍従のお小言を、アゲートは右から左に聞き流していた。

森を去り際に聞こえた〝声〟のことが、頭にこびりついて離れなかったせいだ。

(俺は何かを、忘れているというのか)

侍従が用意してくれたお茶を飲みながら、アゲートは難しい顔を崩さない。

「殿下、一体何があったのでございますか？」

初老の域に差し掛かったこの侍従は、アゲートに幼い頃から付き従っている気心の知れた相手だ。

「ロマリオ」

「なんでしょう?」

「いや……」

自分は何かを忘れているのかと、尋ねようとしてアゲートは思いとどまった。

『何か』なんてあやふやな聞き方をしても、ロマリオを困らせるだけだと気づいたからだ。

アゲートは疑念を振り切るように首を振ると、全く別の言葉を口にした。

「……世話役殿に、傷薬を届けておいてくれ」

「おや、お怪我《けが》をなさっておいでですか?」

「分からないが——あって困るものでもないだろう」

言葉を濁したのは、さっきの出来事をロマリオに話す決心がついていなかったからだ。

もしブラウに関して自分が何かを忘れているというのなら——アゲートにはその答えを知るのが恐ろしく感じられた。

アゲートが休む支度が整うと、ロマリオは外套を持って部屋から出て行く。

一人になると、今度はいやに部屋の中が静かに感じた。今は社交シーズンではないので、使用人たちもとっくに眠っている時間だ。城に面した森からみみずくの声が聞こえる以外、城の夜を騒がせるようなものはない。

三階にあるアゲートの私室の窓は、森をほぼ全て見渡せる場所にある。

しかし暗い闇の中にあっては、森はどこまでも続く地平の一部になっている。

あの森のどこかに、アゲートの守護獣がいるのだ。

そして、今日彼が突き飛ばしたいたいけな少女も。

アゲートは思わず、手のひらを見つめた。ろうそくの心細い明かりの下、節くれた手は子供の頃とは違う男のそれだ。

それに突き飛ばされて、少女はどれだけ恐ろしい思いをしただろうか。

彼女が感じたであろう恐怖を思うと、今までの自分の態度も相まってなんともいえない罪悪感が彼を苛《さいな》む。

そもそも、少女は何も悪くないのだ。

ただ、公爵に紹介されて守護獣の世話役としてやってきた。

動物を懐かせるのは得意かもしれないが、貴族や王族と関わりを持つような家柄ではない。

おそらく少女は、アゲートを知り失望したことだろう。

これが自分の国の王子なのかと、恐れ嫌悪したことだろう。

そう思うと、アゲートはなかなか寝付けなかった。

貴族でもない世話役の少女など彼にとっては取るに足らない存在のはずなのに、咄嗟にアゲートに逃げるよう言った悲鳴のような声が、耳について離れないのだった。

第三章　変わり始めた関係

リィナの話は、いつもあちこちに飛ぶ。

天気の話をしていたかと思えば料理の話になるし、かと思ったら最近聞いたばかりの噂話《うわさ》になったりもする。

自然シリカは相槌《あいづち》を打つだけになってしまうが、もともと喋《しゃべ》るのが得意ではないから大いに助かっている。

夜、アゲートが小屋にやってきてから、数日がたっていた。

あの日以来ブラウもやってこなくなってしまい、シリカは守護獣と王子のことを心配する毎日を送っている。

なにせブラウもアゲートと同時に姿を消してしまい、キーリと取り残されたシリカには何も分からないことだらけなのだ。

ただ、『思い出してくれ』というブラウの必死の叫びが、どうしても頭から離れない。

それに、突然の突風によって吹き飛ばされたアゲートのことも。

（アゲート様は何かをお忘れになっていて、それをブラウ様は思い出してほしがっているってこと？　ああそれよりも、アゲート様がお怪我《けが》をなされてないといいけど……ブラウ様がアゲート様を傷つけたなんてことになったら、今以上にお二人の関係がこじれてしまう！）

心ここにあらずなシリカに構わず、リィナは楽しそうに話を続けていた。

ちょうどそんな彼女の話の中にアゲートの名前が出てきて、シリカはドキリとしてしまう。思わず今まで以上に、話にしっかりと耳を傾ける。勿論《もちろん》手元では、絶えずお皿の汚れを洗い流しながら。

「それでね、殿下はすごい勉強家でいらして、学者たちも驚くぐらい博識なんだって！　異国からもわざわざ講師を招いたりしているのよ」

まるで自分のことのように、リィナは誇らしげに言う。

シリカはほっとした。リィナの話がアゲートの怪我の噂だったら、どうしようかと思ったのだ。しかし彼女の心配などそっちのけで、リィナは話を続ける。

彼女は王太子の話がお気に入りで、いつも楽しそうにアゲートのことを教えてくれるのだ。

王族であるというのに着飾るのがお嫌いで侍従と喧嘩《けんか》した話や、よく働く使用人に病気の子供がいると知って、特別に報奨金をお与えになった話。遠乗りが好きだが最近はお控えになって執務室に籠《こ》もっていることが多いということ。剣がお得意でその腕は国一番の将軍にも匹敵するという話。

リィナの話を聞いていると、ここ数日の出来事がまるで夢のことのように思えてくる。

シリカにとってアゲートは綺麗《きれい》だけれど不器用な人だし、つい先日は取り乱したところを見たばかりだ。

短気で怒りっぽくて、けれど一緒のテーブルにつけと言うぐらいに寛大なところもある。そしてまだ城に来て日が浅いシリカの淹《い》れたお茶を、毒味もなしに飲む豪胆さも持ち合わせていたりする。

(知れば知るほど、どういう方なのか分からなくなる……)

それがシリカの、正直な気持ちだった。

不思議なのは、どれだけ怒られたり睨《にら》まれたりしても、嫌いだとか近寄り難いとは思わない自分自身だ。

その理由は、アゲートが時折垣間見せる追い詰められたような表情にあるのかもしれない。憂いを帯びた青い目を思い出すと、怒りや不安よりも、心配だと思う気持ちが先に立つ。

初めは確かに、身分が違いすぎてとても近寄りがたい人だと思っていた。

けれど間近に接するうちにいつの間にか、そんな気持ちは消えてしまっていたのだ。彼は完《かん》璧《ぺき》な王子様ではなくて、挑んでは失敗して必死に足掻《あが》いている努力の人だ。

それは自分だけが知っているアゲートの姿のような気がして、シリカは思わずくすぐったい気持ちになった。

それに――――とシリカは思う。

リィナから話を聞いただけで、アゲートがどれだけ城の人々に愛されているのかよく分かる。

一見冷たいように見えても、側《そば》にいる人たちはちゃんとアゲートの優しさに気づいているのだ。

そんな王子と使用人の関係性を思うと、シリカは思わず胸がぽっと温かくなるのだった。

彼女が以前勤めていたお屋敷の使用人たちは、いつも主人の悪口ばかりを言っていた。シリカだって、怒りっぽい主人があまり好きではなかった。

貴族たちが思う以上に、きっと使用人は主人のことをよく見ている。

その時ふと、楽しそうに話していたリィナの顔が暗くなった。

「そういえば、私の同僚の子、結局国元に帰されることになっちゃったんだ……」

お皿を泡立てながら、彼女は悲しそうな顔で言う。

「えっ……それって、一緒にお皿洗いをしていた子？　体調を崩していたって言う――そんなに具合が良くなかったの？」

シリカは驚いてしまった。

確かに、使用人が長く寝付けば故郷に帰されるのは当然だろう。

けれどリィナの話ではそれほど重い病気ではないようだったたし、以前に聞いたアゲートの「病人は休め」という言葉から、なんとなく帰されるようなことにはならないと思っていた。

シリカの問いに、リィナは首を左右に振る。

「悪くはなかったよ。もう仕事もできるって言ってるんだけど……病気をした使用人は、縁起がよくないから全員城を出るようにってお触れがあって……」

「縁起が？」

「うん……。多分国王様、よっぽど体調がよろしくないんだと思う。だから病気とかよくないものを、お城の外に追い出すってことなのかもね」

リィナの表情からは火が消えたようだ。

普段明るい彼女だけに、そんな顔を見ているとなんとかしてあげたいという気持ちになってしまう。

きっとその同僚と仲がいいのだろう。だとしたら、そのお触れにやりきれない気持ちになるのは当たり前だ。

（殿下……）

シリカは、アゲートに直談判すればあるいは――と考えた。けれどすぐに、それは自分には出すぎた行動だと首を振る。

ブラウのことを意見して許されたのは、おそらくシリカが守護獣の世話役だからだ。

けれど今回のことは、明らかに世話役の職務とは関係がない。

そんなことにまで口出しするなと、アゲートはまた怒るだろうし、悪くすればシリカが城を追い出される可能性だってあった。

『余計なこと考えちゃだめよ』

まるでシリカの考えを考えたように、近くで寝ていたはずのキーリがにゃーんと鳴く。

「あれ、起きたの猫ちゃん？　あなたいっつもシリカと一緒ね」

キーリの姿を見ると、リィナの表情は途端に明るくなった。

しかし黒猫はそっぽを向くと、再び寝そべってひなたぼっこを始めてしまう。シリカ以外の人間が、キーリはあまり好きではないらしい。

「キーリってば！　ごめんねリィナ、キーリはあまり人に懐かない猫なの」

「ううん。私って動物にはあんまり好かれないんだよね～構い過ぎちゃうのがよくないみたい」

苦笑いをこぼしたリィナからは先ほどの憂いが消えていて、シリカはなんとなくほっとしたのだった。

＊＊＊

アゲートが再びシリカの住む小屋にやってきたのは、それから更に数日後のことだ。

ブラウは相変わらず姿を見せず、シリカは『どうして成長しないのか』ということを直接聞くことができずにいた。

アゲートはいつも、森の中に一人でやってくる。禁足の森は、王族以外気軽に立ち入れる場所ではないからだろう。

「その……調子はどうだ？」

アゲートは、相変わらず少し不機嫌そうだった。

前回のことを気にしているのだろう。警戒するように周囲を見回している。

「ブラウ様は、あれから姿をお見せにならなくて――できるだけ刺激しないようにしています。ブラウ様もきっと、落ちつくための時間が必要でしょうから……」

職務怠慢と責められるのを覚悟で、シリカは現在の状況をアゲートに説明した。

すると予想に反して、王子は怒らなかった。

それよりもと前置きして、彼は気遣わしげにシリカを見下ろす。

「調子というのは君のことだ。その……怪我はなかったか？　この間、突き飛ばしてしまっただろう。一応傷薬などは届けさせたが」

アゲートに指摘されるまで、シリカはそんなことすっかり忘れ去っていた。

そういえば前回運ばれてきた食料の中に、すごいにおいのするネバネバした何かが壺《つぼ》に入って運ばれてきたことを思い出す。

（あ、あれって傷薬だったんだ……。キーリが嫌がるから、小屋の外に出しちゃったんだよね。でもおかげで虫が出なくなったから、てっきり虫除《むしょ》けなのかと……）

シリカは内心で冷や汗をかいた。

まさか王子が自分を心配して届けてくれた傷薬を、虫除《むしょ》けにしていたなどとは言えない。

それにあの時はむしろ、突風で吹き飛ばされたアゲートの方が大変だったのではないか。

そちらこそお怪我はないですかと聞くに聞けず、シリカはアゲートを見上げた。

沈黙に耐えかねたのか、アゲートがガシガシと頭をかく。

どうやらそれも彼のクセであるらしい。

「様子を見に来るのが遅くなって申し訳なかった。怒っているのかもしれないが、ちゃんと答えてくれないか？」

そして眉《まゆ》を寄せてかけられた言葉は、本当に思いもよらないもので。

シリカは返事もせず見つめてしまった自分の行動を自覚して、たまらなく恥ずかしくなった。

普段動物ばかりを相手にしているものだから、どうも人間相手になると会話の間合いを取るのが難しくなるのだ。

キーリは猫なので飽き性で、シリカがこんな反応をしたとしてもなにも気にしないのである。

「あ！　だっ、だだ、大丈夫です！　ぴんぴんしてます！」

そう言いながら両手を振り回すと、アゲートはあきれた様子だ。

どうやらまた対応を間違えたらしい。

もう冷や汗の海に沈みそうだ。やっぱり自分は人間が苦手なのだと泣きたくなる。

だからこそ、動物ばかり森での仕事は天職だと思っていたが――。

「くく、ははは」

すると突然、王子が笑い出した。

それもお腹《なか》を抱えて、大声で。

シリカはびっくりしてしまって、その場に尻餅《しりもち》をつかなかったのが不思議なくらいだ。

その後しばらく、アゲートは笑い続けた。驚きで何も言えなくなったシリカを置き去りにして。

どれくらいたっただろう。

笑い終えた時、彼の頬《ほお》は赤く上気していた。

「はは……っ、すまんその、君の動きが妙に、面白くてな……」

アゲートは笑い疲れた様子だった。

王子がいつものしかめ面でないのは嬉《うれ》しいが、突然笑われたシリカとしては微妙な気持ちである。

その時だった。

直立していたアゲートの体がぐらりと揺らぐ。

「おっと……」

「大丈夫ですか!?」

慌てたのはシリカの方だ。

慌てて駆け寄り、華奢《きゃしゃ》な体でなんとか支えようとする。

「きゃっ」

これにはアゲートも驚いてしまって、咄嗟《とっさ》にシリカの手を掴《つか》み引き離そうとした。

彼女に触れられるのが嫌なのではなく、自分の重みで押しつぶしそうで恐かったからだ。

長身のアゲートにとって、平均的な身長のシリカも小さく頼りない存在にしか思えない。

そうしたお互いの動きが悪い方向に作用して、結局アゲートはバランスを崩し、シリカを下敷きにして倒れ込んでしまった。

シリカがはっと気がついた時には、目の前に驚くべき光景が広がっていた。

視界いっぱいに、アゲートの白皙《はくせき》の美貌《びぼう》。青い瞳《ひとみ》は空を写した湖のように青く、そこに自分の驚いた顔が映り込んでいる。

息がかかるほどに近い距離だ。

男性どころか他《ほか》の誰とも、こんなに至近距離にまで近寄ったことはなかった。

「す、すまない……」

「いえ……」

茫然《ぼうぜん》と返事をするが、まだうまく事態が呑《の》み込めていないシリカである。

ちなみに彼女が押しつぶされずに済んだのは、アゲートが咄嗟に彼女を庇《かば》おうと手をついた

おかげだ。

そのせいで押し倒されたような体勢にこそなってはいるが。

アゲートは何事もなかったように立ち上がると、シリカを助け起こそうとして手を伸ばした。

戸惑いながらその手を掴むと、じんわりと手のひらに熱が伝わる。

(大きな手だ)

アゲートの手のひらは大きく、そして硬い。

見た目は優美そうに見えるのに、実際は剣を使う兵士のような手だ。

驚いてシリカがじろじろとその手を見ていると、アゲートはシリカを立ち上がらせながら苦笑いをこぼした。

「王子らしくない手だろう？　ダンスの時には令嬢方に嫌われるから、手袋が欠かせないんだ」

はっとして、シリカはアゲートの顔を見上げた。

そして、どうしてこんな不躾《ぶしつけ》な態度ばかり取ってしまうのだろうと、深く後悔する。後悔して、どうにか取り繕おうとして、口からはとんでもない言葉が飛び出る。

「私は好きです！」

「なっ」

流石《さすが》のアゲートも、驚いて目を丸くした。

しかしシリカの勢いは止まらない。

「殿下の手は、努力を知っている手です。誰《だれ》かを助けるために頑張る優しい人の手です！」

言ってから、シリカはしまったと思った。

努力を知っているなどと――仮にも一国の王子が言われて嬉しいはずがない。

どうして自分はこんな勢いでばかり行動してしまうのだろうと、シリカは深い後悔を感じた。

合わせる顔がなくて、思わず両手で顔を覆ってしまう。

「ど、どうした……？」

戸惑うようなアゲートの声。

その間に混乱したシリカの脳みそは、とんでもない結論をはじき出す。

「その……罰ならいかようにもお受けします。だからその……せめてもう少し時間をください。ブラウ様のためにも、もう少しだけ……」

「なにを言っているんだ……？」

勢いよく、シリカが顔から手を離した。

その目には、今にも溢《あふ》れそうな涙が浮かんでいる。

「私は……その、失敗ばかりで、まだちっともお役に立ててなくて、それどころかご迷惑をおかけしてばかりですけど、でももう少しだけ、どうかこの森に置いて頂きたいんです！」

自分は追い出されるのだと思い込んだ彼女は、必死にアゲートに訴えた。

目の前の少女の必死の訴えに、アゲートは驚くばかりだ。

なにせ彼は一言も、この森から出て行けなどとは彼女に行っていないのだから。

誤解を正そうとして、彼はすぐ何かに気がついた顔になった。そしてすぐさまその表情に影が差し、眉間《みけん》に皺《しわ》が寄る。

「いつまでだって、いてもらっても構わないんだ。俺《おれ》が王太子でいられる間なら——」

「どういう、意味ですか?」

クインベリーに王子は一人だけ。

それも守護獣と共に生まれた、アゲートが唯一無二の王太子のはずだった。

シリカの頭に沢山の疑問符が浮かぶ。そしてその答えは、アゲートが押し殺した声で教えてくれた。

「……父上の様態がよくない。父上が生きている間に、ブラウを成長させて正当な後継者として認められなければ、俺は廃嫡されるかもしれん」

「そんな……」

思ってもみなかった内容に、シリカは言葉をなくした。

リィナから聞いている噂話だけでも、アゲートがお城の人々からどれだけ敬愛されているかがよく分かる。そんな彼が、一体どうして王太子の座から降ろされるというのだろう。

「それは、ブラウ様が成長なさらないからですか……?」

アゲートは静かに頷《うなず》いた。

「そんなのおかしいです！」

咄嗟に、シリカはそう叫んでいた。

「だって、殿下はとてもご立派なのに……お城で働く人たちだって、皆殿下が次の王様だって信じてます！　下々までよく気遣ってくれる素敵な王太子様だって……っ。そりゃ、守護獣が子供なのは問題かもしれませんけど、だからって殿下が廃嫡になるなんておかしいです！」

はあはあと、シリカは肩で息をした。

二人の間に、重い沈黙が横たわる。

「す、すいません私、出すぎたことを！　お城の使用人の方々が殿下の話をしているのを聞いて、それで……っ」

シリカは慌てた。

リィナから噂話を聞いていたなどと知られたら、リィナにまで迷惑がかかるかもしれない。

なんとか先んじて偶然噂を聞いた風を装ってみたが、果たしてアゲートが信じてくれるだろうか。

まして、シリカは城の人々と関わらないようにと言いつけられているのだ。

ブラウの秘密を守るための措置だが、今の発言でその約束を破っていたこともバレてしまったただろう。

シリカは自分が更なる失敗を犯したのだと悟った。

自分が怒られたり追い出されたりするだけならまだいいが、リィナに何かあったらと思うと悔やんでも悔やみきれない。

「いや……」

しかし、怒りの声はいつまでたっても落ちてこなかった。

見れば、アゲートは動揺を隠すように手のひらで口を覆っている。

(怒鳴るのを我慢していらっしゃるのかな?)

シリカがびくびくとその時を待っていると、かけられたのは思いもよらない言葉だった。

「その……ありがとう」

「え……?」

「いや、使用人たちにはその……恐れられているのだとばかり思っていた。俺は愛想がないから……。俺を王にと望んでくれている人間がいるなんて……考えたこともなかった。この手のことを褒めてくれたのも、お前が初めてだ……」

そう言うと、大きな手で隠されたアゲートの顔が、じわじわと赤く染まった。

『あら? この王子様ったら、可愛《かわい》いところもあるにゃーね』

キーリが楽しそうに鳴く。

シリカはどうしていいのか分からなくなり、その場に立ち尽くした。

てっきり怒られるものだと思っていたのに、こんなふうに喜んでもらえるなんて思いもよらなかったのだ。

照れた様子が隠しきれない王太子は、今までの冷たく厳しいイメージとは違って、なんだか微笑《ほほえ》ましいというか、そんな気持ちまで湧《わ》いてきた。

（相手は王太子様なのに、なに失礼なこと考えてるの私ってば！）

釣られて顔を赤らめたシリカは、熱くなった頬に両手を当てて硬まる。

経験豊富な黒猫だけが、動揺する人間たちを楽しそうに見上げていた。

＊＊＊

「あの……落ち着かれましたか？」

寒空の下に王子をいつまでも立たせておくわけにはいかないと気づいたシリカは、彼を小屋の中に招き入れた。

急いでかまどで燻《くすぶ》っていた種火をおこし、お湯を沸かす。

そして王子の口には合わないだろうと思いながらも、普段飲んでいる安いお茶を淹れた。

白くて柔らかい湯気がくゆる。

アゲートはまだ動揺が収まらないようで、大人《おとな》しく座ったはいいがうんともすんとも言わない。

シリカは流石に心配になってきた。

今や国を背負って立つ王太子が、いつまでもここにいられるほど暇なはずがないからだ。

城でアゲートの世話をしている侍従たちは、今頃《いまごろ》戻らない王子にやきもきしているに違いない。

言われるがままお茶に口をつけるアゲートはまるで子供のように見えた。

「あつっ」

「殿下!?」

どうやら動揺したアゲートは温度も確かめずに、一気に飲み干そうとしたらしい。

カップはひっくり返り、彼の服にお茶がかかってしまった。

シリカは慌てて飛びついて、布巾《ふきん》で必死にそれを拭《ぬぐ》う。

『なーにやってるにゃー』

キーリが呆《あき》れたように言った。

しかしシリカはそれどころではない。

王子に火傷《やけど》なんてさせた日には、比喩ではなくシリカの首が飛ぶかもしれないからだ。

幸い、アゲートは冬用の外套を着たままだったのでその下まで被害が及ぶことはなかった。

シリカはすぐさま外套《がいとう》を剥《は》ぎ取ると、恐縮しながらアゲートに毛布を羽織らせ暖炉の火を強くした。

小さな小屋は隙間《すきま》だらけでなかなか暖まらないが、それでもケチらずに薪《まき》を追加したおかげで赤い炎が大きく燃えさかる。

シリカはテキパキとしみ抜きをして外套を火にかざすと、王子のためのお茶を淹れ直した。

今度は熱すぎないように少し冷まして、けれど体は温まるようにすったジンジャーと蜂蜜《はちみつ》を入れた。

「少し辛《から》いかもしれませんが、体が温まりますから」

恐縮しながら差し出したカップを、アゲートは今度こそ慎重に傾けた。

シリカの言葉の通り舌にはピリリと辛みを感じ、すぐに蜂蜜の甘みで中和される。

その刺激でようやく彼は人心地つくことができたのだった。

「その、すまないな」

「い、いえ！　私こそ申し訳ございません。で、殿下に熱いお茶を……っ」

「いいのだ。俺の不注意のせいなのだから。このことはその……ここだけの話にしておいてくれ」

「よ、よろしいのでしょうか……？」

「そもそも毒味もなしでお茶を口にしただけで、俺が侍従たちからなんと言われるか。俺のためだと思って忘れてくれ」

アゲートの強引な言葉に、シリカはおずおずと頷いた。

（私が責任を感じないように、そう言ってくださっているんだ。やっぱり殿下は、リィナが言っていた通り優しい人……）

鈍いシリカですら、アゲートの真意を察することができた。

自分のためとは言うが、このことが公になったら大変なのはシリカの方だ。

すぐさま城を追われるだろうし、最悪罰せられる危険性だってある。

「俺が凍えぬよう、温かいお茶を淹れてくれたのだろう？　台無しにしてすまなかった」

だというのに、アゲートはシリカにすらこんな風に謝ったりするのだ。

ついこの間まで見せていた冷徹で厳しい顔と、こちらの不器用ながらに優しい王太子の顔。

どちらも同じアゲートであるはずなのに、あまりの違いにシリカは戸惑ってしまうのだった。

「今更なにをと、思っているのだろうな」

そんな戸惑いを見抜いたかのように、皮肉げにアゲートが笑う。

「い、いえ……」

「いいんだ。確かに、君には厳しいことを沢山言った。嫌ってくれていい。ブラウが成長しない苛立《いらだ》ちを、俺は君にぶつけていたんだ」

率直なアゲートの言葉に、シリカはどう返事をしていいのか分からなくなった。

「あの、先ほどのお話ですが、本当なのですか？　殿下に廃嫡の可能性があるなんて……」

実際に本人から聞かされたとしても、それは信じがたい内容だった。

確かにリィナから王様の様態がよくないらしいという話は聞いていたが、それでもシリカは——そして城で働く誰もが、アゲートこそ次期国王だと信じて疑わなかったのだ。

「本当だ」

アゲートが厳かに言う。

それは疑う余地もないほど、はっきりとした口調だった。

「そんな！　一体どうして」

思わず尋ねると、アゲートは気まずげに視線を逸《そ》らしてしまう。

「叔父上が、俺を王位に相応《ふさわ》しくないとおっしゃるのだ。守護獣を大衆に示せない王子に、クインベリーの王としての資格はあるのかと……」

沈痛の面持ちで、彼は言った。

きっと自分の口で言うのは辛《つら》いに違いない内容に、シリカの胸もズキズキと痛む。

「だからずっと、焦ってらっしゃったんですね。ブラウ様を成長させようと……」

アゲートがいつも苛立っていた理由が、今ならば分かる。

彼は廃嫡を恐れて、どうにかブラウを成長させようと必死だったのだ。

「別に、王は俺でなくても構わないのかもしれない。国民にとっては、誰であろうと自分たちを幸せにしてくれる者こそ、いい王だ」

王子が皮肉げな顔をするので、シリカは否定せずにはいられなかった。

「私は……殿下こそがそのいい王様になるのだと、信じています」

そんなシリカのことを、アゲートは驚いたような、そして眩《まぶ》しそうな顔で見つめる。

「ありがとう。俺も、そうなりたいと願っている。そのためなら、努力を惜しまないつもりだ。けれど万が一、叔父上が王位に即くようなことがあれば……」

「あの、陛下の叔父上様というのは、どのようなお方なのですか？」

田舎《いなか》育ちのシリカは、王族についてそれほど詳しいわけではない。

「叔父上は父上の腹違いの弟だ。ずっと隣国に留学されていて、去年帰国なさったばかりなのだ」

「そうだったんですか」

「隣国の王は欲深い――――叔父上を通じて、いつかクインベリーを呑み込もうとするかもしれない」

それがどれほど大変なことなのか、シリカにはうまく理解できなかった。ただ生まれ育ったこの国が、なくなってしまうかもしれないなんて悲しいと思う。

そしてそれ以上に、アゲートの悲痛な表情が胸に刺さった。

『大変ね、王子様ってのも』

訳知り顔で、キーリがため息をつく。

「だから、国王様ができるだけ長生きできるように、お触れをお出しになったのですね……」

咄嗟にシリカの頭をよぎったのは、数日前にリィナから聞かされた話だった。

縁起が悪いからと、病の使用人たちを城から追い出すお触れ。

アゲートがそんなお触れを出すはずがないと思っていたが、国王にできるだけ長生きして貰わなければいけないこの状況では、それも仕方のないことなのかもしれない。

がっかりとはまた違う諦めのような感情を抱いていると、アゲートはいぶかしげな顔でこちらを見ていた。

「触れだと？　何のことだ」

「病気の使用人は城を出るようにと……あの！　確かに重病の者は難しいかもしれませんが、中には治りかけの者もいます。そういう人たちをええと、もう一度働かせていただくことはできませんか？」

自分がこんなことを言える立場じゃないというのはよく分かっていたが、なぜだかシリカは口から溢れる言葉を止めることができなかった。

病気が治ったから残りたいという使用人の気持ちが、壺を割ったという冤罪《えんざい》で追い出された自分に重なるからかもしれない。

しかしアゲートの反応は、思いもよらないものだった。

「……なんのことだ？」

再び彼の表情が、険しいそれに変わる。

「え……病気の使用人は、全員城を出るようにというお触れがあったと聞きました。その、縁起がよくないからと……」

「馬鹿《ばか》な！　俺は何も聞いていない！　一体誰が……」

そう言いかけたアゲートの顔に、即座に小さな理解が生まれた。

「母上か……っ」

そう呟《つぶや》くと、彼はものすごい勢いで小屋を出て行ってしまう。

残されたのは茫然とするシリカと、驚いて棚の上まで飛び退《の》いたキーリだけだった。

＊＊＊

森を出てアゲートが向かったのは、己の母である王妃の居室だった。

「母上、一体どういうことですか！」

部屋に押し入ってきた王太子の姿に、侍女たちは慌て怯《おび》えている。

彼女たちの中心にいるのが、この国の王妃。

美しい貴婦人だ。二十三歳の息子がいるなどとは信じられないほど、その横顔は若々しい。

「突然なんです。騒々しい」

彼女は眉を顰めて言った。

不機嫌な表情が、アゲートのそれによく似ている。

「病気の使用人を追い出すなど……それも縁起が悪いなどというくだらない理由で！」

息子の激高に、母は臆《おく》した様子もない。ただただ不機嫌そうに、己の息子を見据えている。

「くだらないですって？　お父様のお加減がよろしくないというのに、よくそんな親不孝なことが言えますね」

「父上の病気と、使用人たちはなんら関係がないのですから当たり前でしょう！　病を患った者の中に父上と同じ症状の者はおりません。伝染病とは違うのですよ!?」

アゲートが必死に母を諫《いさ》めようとしても、王妃が考えを変える様子はなかった。

「働けもしないのに、城に居座るなんて図々しい。当然のことです。大体、あなたの方がどうかしていますよ。陛下がご病気の時に、愚にもつかない使用人の心配ばかり。母はあなたのためによかれと思って……」

「一体何が私のためだというのですか！」

「大声を上げないで、無作法だこと。そんなことだからいつまでも守護獣が成長しないのではなくて？　このままあなたが守護獣を民衆に示すことができなければ、王位はフレデリック様のものになる。それでもいいの？」

フレデリックというのは現国王の弟であり、アゲートの叔父の名だ。

彼が隣国からの留学から戻って以来、王妃はどこか様子がおかしい。息子の王位を危ぶんでいるのかもしれない。

彼女がそう感じるのも無理はなく、臣下の中には如実にアゲートから距離を取る者も出始めてた。

母親の危惧《きぐ》はアゲートも重々承知している。

ずっと王太子として生きてきた自分が、王位を継げないかもしれないなんて、考えてもいなかったことだ。

いや、ブラウがこのまま成長しなければあるいは——そう想像したこともあったが、まさかそれが現実になろうとは。

「そもそもあなたの守護獣がちゃんと成長してくれたら、こんなことには……」

「母上っ」

聞き慣れた母の小言を、アゲートは一言で黙らせる。

「今は私の去就について話しているのではありません。とにかく、使用人の勝手な解雇を取り消してください」

「いやです。そもそもどうして働けもしない病気の者たちを、いつまでも城に置いておかなくてはならないの？　汚らわしい」

我が母ながら、アゲートはその物言いにぞっとした。

唇の前で優雅に折られた指には、巨大な青い貴石の指輪が光っている。

「――母上はご病気の陛下にも、同じことが言えるのですか？」

押し殺したアゲートの反論に、王妃はかっと目を見開いた。

「あんな下賤《げせん》の者どもと、陛下のことを一緒にしないで！　アゲート、あなたの下々の者たちに対する態度は、為政者として相応しくありません。不要になった『もの』は即座に切り離さなければ、すぐに足元を掬《すく》われるわよ」

美しい王妃の目に浮かんでいるのは激しい侮蔑《ぶべつ》と、ライバルたちを蹴落《けお》として王妃にまで上り詰めたという強すぎる自負だった。

家格がそれほど高くない彼女は、それこそ使えるものはなんでも使って今の地位を手に入れたのだろう。

だがそれ故に、アゲートが幼い頃から息子に対する態度は厳しいものだった。

特に息子の守護獣に成長の兆しがないと知ると、いつしかアゲートに憎しみにも似た感情をぶつけるようになっていった。

アゲートはそんな母の不満を感じ取り、より一層立派な為政者になるべく励んできたのだ。

そうすることこそが、ブラウの成長につながると信じて――……。

「本当に忌々しい。あなたがあの時、森になど遊びに来なければ……」

その時、王妃が漏らした呟きに、アゲートは引っかかりを覚えた。

「あの時……とはいつのことですか？」

アゲートが尋ねると、王妃ははっとしたように口元を押さえる。

「なんでもありませんっ」

「しかし今、確かに――」

そんなアゲートの言葉を遮るように、王妃が口早に言う。

「分かりました。使用人の解雇は取り消します。だからさっさとこの部屋から出て行きなさい！」

「母上！」

母は何かを隠している――アゲートはそう確信した。

そしてその何かは、おそらくブラウが『思い出せ』と言った出来事と関係しているはずだ。

なぜならアゲートは、物心ついてからずっと、禁足の森に遊びに行ったことなどないからだ。

ブラウと対話するために森に出向いたことはあっても、それはいつも見張りのいる息苦しい行事であり義務だった。

一度だって、そんな気安い気持ちで森に赴いたことはないのだ。

アゲートが更に言い募ろうとすると、王妃は兵士を呼び、息子を部屋から追い出そうとした。

「いつまで母の閨房《けいぼう》に居座るつもりですか。早くアゲートを外へ」

兵士たちは戸惑いながらも、アゲートの体を部屋の外へ引きずっていく。

「母上！　まだ話は終わっていませんっ、母上！」

アゲートの必死の訴えにも、母は耳を貸さない。

「わたくしからあなたに話すことは何もありません。早く部屋に戻りなさい」

そう言って、彼女が背を向けるのと同時に扉が閉じた。

アゲートは呆然としたまま、王妃の部屋を後にする。

兵士たちはひどく恐縮していたが、「気にするな」と一言声をかけることもできなかった。

(俺が昔、森に遊びに行った？　そんな記憶はない。俺はやはり、何かを忘れているのか――)

彼が部屋に戻るまでの間、恐い顔をした王太子に遭遇した人々は、皆恐れおののいて道を空けた。

そうしてしばらくの間、アゲートの眉間から皺が消えることはなかった。

＊＊＊

一方同じ頃、アゲートが帰ったのを見計らったように、シリカの元にも訪問者があった。

ブラウだ。

「ブラウ様！」

小さな白い守護獣は、ひどく落ち込んだ様子だった。

『シリカ……』

「ブラウ、様……？」

心なしか、その体は以前よりも更に縮んでいるような気がする。

シリカは彼を小屋の中に迎え入れ、常備してある彼用の骨を用意した。しかしいつもならガジガジと嬉しそうに噛《か》むそれも、彼の心を上向きにはできないようだった。

『ちょっと、あんた小さくなってない？』

シリカが言えないでいたことを、キーリがはっきりと指摘する。

テーブルの上でお座りの体勢になったブラウは、まるで人間のように項垂《うなだ》れてしまった。

椅子《いす》を経由してテーブルに上ったキーリと並ぶと、その変わり様は顕著だった。

ブラウは、子犬というのもためらうくらいに、縮んでしまっているようだ。

普通動物というのは、一度成長したら縮んだりはしないものである。

(守護獣様は、そうではないということ？)

ひどく落ち込んでいる様子のブラウに気が咎《とが》めたが、シリカはその理由を直接本人に尋ねることにした。

「ブラウ様……一体何があったのですか？」

すると守護獣は、顔を上げ目を潤ませながら言う。青い宝石のような瞳が、今にもこぼれ落ちそうだ。

『シリカ……俺はもしかしたら、このまま消えてしまうかもしれない……』

そして彼が語り始めたのは、驚くべき話だった――。

「精霊石、ですか？」

『そうだ。守護獣は体に持った精霊石によって、大地から力を吸収することができる。だが一方で、それがなければ自由に力を使うことはできないのだ』

「では、ブラウ様の体が成長しないのは……」

『そうだ。かつてある出来事がきっかけで、俺は守護石をなくしてしまった。故に力を溜《た》めることができず、こうして姿も安定させられないのだ……』

ブラウはひどく辛そうで、見ているこちらが悲しくなるほどだった。

一方でシリカは、自分の予想が正しかったことを知る。

（やっぱり、ブラウ様が大きくならないのは特別な理由があってのことだったのね）

アゲートが言っていたように、無責任だからとか成長しないからとか、そんな理由ではなかったのだ。その誤解を解けば、アゲートのブラウに対する気持ちも変わるだろう。

シリカの中に、わずかな希望が芽生えた。

しかし一方で、どうしてそんな大切なことをアゲートが知らないのだろうという疑問がよぎる。

「どうしてそのことを、私にお話になったのです？」

シリカが問いかけると、ブラウは悲しげに目を細めて言った。

『もうすぐ、消えてしまうかもしれないと言っただろう？　消える前に、このことをアゲートに伝えてほしいと思ったのだ』

〝消える〟という無慈悲な響きに、シリカの胸がじくじくと痛む。

「消えるなんて……そんな一体どうして……？」

『精霊石をなくした俺は、もう新たな力を取り込むことができない。だから今までは、極力力《きょくりょく》を使わないようにしていたのだ。残った力を温存するために』

そこまで聞いた時、シリカはピンときた。

「この間の突風……そのお力を使われたんですね？」

数日前のことだ。

アゲートがシリカを突き飛ばした時、森を突風が襲った。それは自然には起こりえない風だった。おそらく様子を見守っていたブラウは、咄嗟に使わないでおいた力を使ってしまったのだろう。

沈黙は肯定の証《あかし》だった。

「そんな、私のせいで……」

『シリカのせいじゃないにゃ。この犬コロが迂闊《うかつ》なんでしょ』

つんと冷たく、キーリが言い放つ。

「キーリ！」

これにはシリカも黙っていられず、友人を怒鳴りつけた。

しかし項垂れていたブラウが、右足を上げてシリカを止める。

『いいんだシリカ。本当のことだ』

「ブラウ様……」

『確かに迂闊だった。が、俺は力を使ったことを後悔していない。考えてみれば、俺の言葉が分かるお前がいる時に消えられて、幸運かもな。俺が消える理由を、ちゃんとアゲートに伝えることができるのだから……そうじゃなけりゃ、あいつは自分のせいだとまた自分を責めるだろ？』

子犬は苦笑いをして言った。

その言葉に、シリカはこの守護獣が、どれだけアゲートを大切に思ってるかを知る。

きっと今まで、ずっと歯がゆい思いでアゲートを見つめてきたのだろう。どうして大きくなれないのか、その理由すら伝えることもできないままに。

「そんな！　何か方法はないのですか⁉」

必死に尋ねると、ブラウの表情に再び影が差した。

『何か方法はないかと、ずっと探し続けてきたんだ。だが、早晩俺はこの姿を保てなくなる。だからその前に、アゲートに本当のことを伝えたい……』

「こんなことって……」

悲嘆に暮れる二人に、キーリが冷静な突っ込みを入れる。

『そもそも、どうしてその精霊石とやらをなくしたの？　大切な物だったんでしょ？』

それもそうだとブラウに目をやると、彼は目を泳がせていた。

「ブラウ様？」

『いや……それがその……落としてしまって』

「落とした⁉」

驚いてしまって、咄嗟に大声が出た。

その声に驚いたようで、ブラウもキーリも揃《そろ》って体を硬くしている。

先にショックから回復したキーリが、尻尾《しっぽ》をくねらせながら重い重いため息をついた。

『それは随分な理由ですこと』

『俺だって必死に探したんだ！　けど力も使えなくてこの体じゃ……』

確かに、ブラウの小さな体では満足に精霊石を探すこともできなかっただろう。

「精霊石は森で落とされたんですか？」

シリカが尋ねると、獣は悲しそうにこくりと頷いた。

『森の岩場で……』

その言葉に、思わずはっとする。

いつもいつも、岩場で穴を掘っていたブラウ。

小鳥たちが『穴を掘るのが好き』と歌うぐらいだから、その習慣はシリカが来る前からずっと続いているものに違いない。

彼は戯《たわむ》れに、穴掘りを楽しんでいたわけではなかったのだ。

「ずっと……それを探して……？」

『結局見つからなかったけどな。情けねぇ』

思わず問いかけると、ブラウは皮肉げに笑った。自らの苦労を、あざ笑う笑みだ。

だからシリカは、思わず言い返していた。

「情けなくなんかありません！」

二度目の大声に今度は耐性ができたのか、キーリは呑気《のんき》な顔をしていた。

相変わらずブラウは驚いたようだったが。

「一生懸命探したことの、何が情けないんですか！　ブラウ様はご立派です。殿下に誤解されて、それでも一人で精霊石を探し続けて……」

思わず言葉に詰まった。

ブラウの今までの歳月を、シリカがどうこう言う資格なんてない。

けれどこの子犬のような生き物は、シリカが生まれる前からずっとそれを日常として過ごしてきたのだ。

そう思うと、切なくてたまらなかった。

今すぐにでも、城に押しかけていってアゲートの誤解を解きたい衝動に駆られる。

気がつけばぼたぼたと、シリカの足元には小さな染みができていた。

『泣くなよ……』

「だって……」

ブラウの顔から自嘲《じちょう》の笑みは消えていて、彼はほとほと困り果てているようだった。

『お前が泣くことじゃないだろう？』

「泣きますよ！」

狼狽《ろうばい》した獣に尋ねられ、シリカは叫んだ。

「ブラウ様……殿下が大切なのに誤解されたままで、悔しいじゃないですか！　殿下だって、それを知ってたら絶対後悔なさるはずです。今までブラウ様に冷たくなさったこと……」

『あー、それが嫌なんだけどなあ、俺』

ガチガチと、ブラウが煩わしそうに小さな牙《きば》をかち合わせる。

「ぐす……どうしてですか？」

エプロンで涙を拭いながら尋ねると、かすんだ視界の中で白い毛玉が居心地悪そうにしているのが見えた。

『アゲートはな、忘れちまったんだよ。その日のこと』

『精霊石をなくしたその場に、王子様もいたってことかにゃ？』

いぶかしげに尋ねるキーリ。

シリカはその事実を呑み込むまでに、もう少しの時間が必要だった。

「……え？」

『ショックだったんだろう。俺もできれば思い出させたくなかった。だから、今まで滅多なことじゃ近づけなかったんだ。思い出させたらアイツが苦しむって分かっていたからな。それに――』

『それに？』

まるで獲物を狙《ねら》う肉食獣のように、キーリの目が光る。黒い尾っぽがゆらゆらと揺れていた。

シリカはごくりと固唾《かたず》を呑んで、守護獣の言葉を待つ。

『思い出してたら多分、アイツは殺されていただろう』

あまりにも衝撃的なブラウの告白に、シリカは今度こそ言葉を失った。

＊＊＊

小屋にアゲートのやってきた数日後。

シリカがいつも通りリィナを手伝いに行くと、そこには満面の笑みのリィナと、見知らぬ少女が立っていた。

「シリカ聞いて！　お触れが取り消されて、病気をした使用人たちが城を出なくてもいいことになったの。彼女の名前はミリア。今日《きょう》からよろしくね！」

「よ、よろしく」

ミリアは亜麻色《あまいろ》の髪を三つ編みにした、大人しそうな少女だった。

握手をして早速お皿洗いを始める。

初めはぎこちなかったが、リィナを中心に少しずつ三人の空気がほぐれていった。

「私が休んでいる間、あなたが手伝ってくれていたって聞いたの。ごめんね。大変だったでしょ？」

初対面の相手に礼を言われて、シリカは照れてしまった。

「そ、そんな全然！　私はその、牛の骨を貰うために手伝ってただけで……」

「そんなことしなくても、骨ぐらいいくらでもあげるのに。シリカってば手伝うって聞かないんだから」

リィナに茶々を入れられて、シリカは更に照れてしまった。

忙しそうにしているリィナを見て、手伝ってあげたいと思ったのは本当だ。

「ごめんね。私が寝付いていたから、シリカにもすっかり迷惑をかけてしまって……」

「謝らないでって何度も言ったでしょ、ミリア。大変な時はお互い様なんだから！」

ことさら強くリィナが言うと、ミリアの顔にうっすらと笑みがこぼれた。

「そうだね。ありがとうリィナ。シリカ」

病み上がりなので少しやつれているが、笑うと可愛らしい少女だ。

シリカは心の底から、ミリアが職場復帰することができてよかったと思った。

(殿下がお触れを撤回してくださったんだ。本当に本当によかった)

お皿を洗いながら、シリカは早くアゲートにお礼が言いたくてたまらなくなった。

使用人たちが感謝していることを伝えただけで動揺してしまうような王子様は、ありがとうと伝えたら一体どんな顔をするのだろうかと。

けれど一方で、数日前にブラウに聞かされた真実が彼女を悩ませてもいた。

彼が語ったことが全《すべ》て本当だとすれば、この国は大変なことになる。

けれどそれがあまりに大事すぎて、一市民である自分なんかに何ができるのだろうと考え込んでしまうのだ。

「シリカってばどうしたの？　複雑そうな顔して」

リィナに尋ねられて、シリカは自分の顔が固まっていることを自覚した。

折角和気藹々《あいあい》としていたのに、見るとリィナとミリアの顔が心配そうに曇ってしまっている。

「な、何でもないよ！　あ！　このお皿の汚れが取れなくて……」

「そう？　何かあったら相談してよ？　一応私の方が、お城では先輩なんだから」

二人の顔からは、なかなか怪訝《けげん》そうな色がとれなかった。

心配をかけて申し訳ないと思ったが、あんなことはとても二人には相談することはできない。

すると――。

「あ、もしかしてお城に好きな人ができたとか？　そうでしょう？」

リィナの顔に意地悪げな笑みが浮かぶ。

シリカは驚いてしまって、咄嗟に反応することができなかった。

「ね、誰々？　同じ庭師の人？　それとも厨房《ちゅうぼう》の誰か？」

一転して輝くような笑顔のリィナに、激しく追及される。

ようやく頭が事態を理解した時には、すっかりシリカに好きな人がいるという流れになっていた。

「ち、違うよ！　そんな人いないってば」

「必死に否定しちゃってあやしい！　教えてくれたら協力するって！　ねえ誰々？」

リィナの顔はより一層輝き、ミリアの顔にも控えめだが笑みが浮かんでいた。

好きな人――という言葉に、鼓動がばくばくと速くなる。

今まで、シリカにそんな相手がいたことは一度もなかった。故郷の村の男の子たちは皆意地悪だったし、王都に来た後はわざわざ地味なシリカを相手にするような男性は側にいなかったからだ。

人に言えない秘密を持つシリカは、恋なんてずっと自分には無縁だと思って生きてきた。

なのにどうして、今はこんなにも胸が騒ぐのか。

「リィナってば！　本当に違うったら」

必死に否定しようとするが、上手《うま》い言葉が出てこない。

いつもならそんな人いないとはっきり言えるのに、言えない自分が不思議だった。

「えー誰々？　私も聞きたいなあ」

ミリアにまで顔をのぞき込まれて、動揺はますますひどくなる。

「好きな人なんて、いないったら！」

否定すればするほど、二人はその確信を深めるばかりのようだった。

もう無理だと、シリカは諦《あきら》めて皿洗いに専念することにする。

しばらくすると話題は移り変わり、今度はミリアの好きな人の話になっていた。

シリカは一人、黙ってアゲートの顔を思い浮かべる。

すると、胸の奥が引きつるようにずきりと痛んだ。

好きな人なんて本当にいないのに、勝手にアゲートの顔が浮かんできてしまうのはなぜだろう。

彼のことを心配に思うからか、それとも――。

考えれば考えるほど深みにはまる気がして、シリカは途中で考えるのをやめた。

胸はしくしくと痛み続けたけれど、自分の気持ちに鍵《かぎ》をかけて、必死に見ないふりをしていた。

第四章　王子様となくした記憶

アゲートが思い詰めた顔でやってきたのは、ちょうどその日の夜だった。

ブラウの話をどう切り出そうかと悩んでいたシリカは、彼の表情の硬さに思わず用意していた言葉を呑《の》み込んだ。

「ど、どうかなさったんですか？」

キーリは逃げるように、部屋の奥に行ってしまう。どうやらアゲートのことが、あまり好きではないらしい。

アゲートは一言「すまない」と言って小屋に入ったきり、何も言おうとはしない。

とりあえずシリカはいつものようにお茶を淹《い》れ、椅子に座った彼から数歩の距離を置いて立った。

王子と使用人としては近すぎる距離だが、狭い室内ではむしろ不自然な距離だ。

そして淹れたお茶の湯気が消えた頃《ころ》、アゲートはぽつりと言った。

「やはり俺《おれ》は、何かを忘れているらしい」

シリカの心臓が、ばくばくと騒ぎ始めた。

話そうかどうしようかと悩んでいた話題に、思ってもみない角度から切り込まれたせいだ。

「忘れて……？」

しかし、アゲートがシリカの動揺に気づいた様子はない。

「ああ」

「この間……君を突き飛ばしてしまった時だ。俺は、〝忘れるな〟という声を聞いた気がした。それが気になっていたんだ」

シリカははっとした。

突き飛ばされた時というと、ブラウが突風を吹かせた日のことだ。

その時に力を使ってしまったせいで、守護獣は更に体が縮んでしまった。

きっと彼は悩みながらも、アゲートに訴えたに違いない。

――あの日のことを思い出してくれ、と。

「けれど、どんなに考えてみても、何を思い出せばいいのか分からなかった。俺は記憶力がいい方だし、記憶喪失になどなったことがないからだ」

しかしブラウの訴えも虚《むな》しく、アゲートは思い出さなかったらしい。

シリカはがっかりしたようなほっとしたような、複雑な気持ちになった。

けれど。

「そんな時、母上に思いもよらないことを言われた。俺があの時、森に来たからいけないのだと」

今度こそ、シリカは心臓を掴《つか》まれたような衝撃を感じた。

アゲートが今言ったことは、あの日シリカがブラウから聞いた内容とぴったり符合する。

ほんの数日会わないでいる間に、アゲートはアゲートで自ら真実に近づいていたらしいのだ。

シリカは戸惑った。

かつてこの森で起こった出来事を、ブラウはできることならアゲートに思い出させたくないと言った。

しかし今のままでは、アゲートはきっと自ら真実にたどり着いてしまうに違いない。

ならばシリカの口から、できるだけショックの少ない形で伝えるべきなのではないのか。

（でも、どうしてそんなことを知っているのかと聞かれたら――）

動物と喋《しゃべ》れるという秘密を、正直に告白しなければいけなくなる。

動物とばかり一緒にいて気味が悪いといじめられた経験のあるシリカにとって、アゲートにそれを告白することはとても勇気の要ることだった。

彼がシリカを差別するような人ではないと分かっていても、嫌われるかもしれないという恐怖は耐えがたい。

「なにか、重要なことのような気がする。もしかしたらそれが、ブラウの成長を促すきっかけになるかも」

アゲートは興奮しているようだった。

何か言わなくてはと思うのに、秘密を告白したことでアゲートに再び冷たい視線を浴びせられるかもしれないと思うと、心が震えて何も言えなくなってしまうのだ。

彼の優しさを知ってしまった後では、余計にだった。

(ブラウ様のためにも、お話ししなくちゃいけないのに!)

結局、その日はアゲートが帰るまで、シリカはほとんど何も喋ることはできなかった。

王子は体調が悪いのかと心配していたが、シリカの心は罪悪感と恐怖で引き裂かれそうになっていた。

＊＊＊

『結局話さなかったにゃーね』

アゲートが帰った後、横になっていつまでも寝付けずにいたら、キーリが話しかけてきた。

猫であるキーリは夜の方が元気だ。でも今はおばあちゃんだから、昼も夜もお気に入りの場所でじっとしていることが少なくない。

窓から差し込む月明かりの中で、キーリの目が怪しく光っていた。

「恐くて……」

『恐い?』

「動物と話せることがバレて、殿下に嫌われるのが……」

『ふーん』

自ら聞いてきた割に、キーリの返事はあまり興味のなさそうなそれだった。

シリカは寝返りを打って、キーリに背を向ける。

なんでも見透かされてしまいそうなその視線を、ずっと見ている勇気がなかった。

今までは、キーリさえいれば誰《だれ》に嫌われようと構わなかった。疑いをかけられて勤め先を追い出された時も、キーリが一緒ならどこへ行くのだって恐くはないと思っていた。

でも今は――……。

シリカは妙に、この城から離れがたく思っている自分を自覚した。

まだほんの短い時間。ひとつの冬すら越えていないというのに、リィナとのお喋りやアゲートとのささやかな時間が、かけがえのないもののように思えて、それらを失いたくないと思ってしまうのだ。

けれどそう正直に口にするにはあまりにも、シリカとキーリの距離は近すぎた。

申し訳ないようないたたまれないような、正体の見えないやましい気持ち。

どうしてそんな気持ちになるのかすら、シリカは分かっていなかった。

人間との関わりが希薄だった今までの生き方が、彼女のそんな臆病《おくびょう》で不器用な性格を形作ったのかもしれない。

しかしそのことに、猫であるキーリは気づいていた。

『気にすることないわ』

「え？」

突然のアドバイスに、驚いたのはシリカの方だ。

『どうしたいかは、シリカが決めるといい。王子に話すのも話さないのも、全部あなたの自由にゃ』

「キーリ、急にどうしたの？」

今まで、シリカの相棒がこんなことを言ったことなど一度もなかった。

キーリはいつもシリカの考えを尊重してくれたが、一方で優柔不断な彼女のことを引っ張ってくれる存在だったのだ。

だから彼女は祖母を失っても、身一つで王都に出てくることができた。

すぐ側《そば》に、誰よりも心強い理解者がいたから。

『シリカ、私は猫だから、この先もずっと一緒にはいられない』

思ってもみなかった言葉に、慌ててベッドから飛び起きた。

キーリがお気に入りの戸棚を見ると、闇《やみ》に溶け込むように黒猫が丸まっているのが分かる。

目を閉じているのか、闇に光る目は見つけることができなかったけれど。

「何を、言い出すの……？」

シリカは、知らず己が震えていることに気がついた。

冬の夜が寒いからじゃない。公爵が用意してくれたシリカの毛布は十分すぎるほどあったかだ。

そうではなくて、いつも強気なキーリがらしくないことを言うのが恐かった。

「ずっと、一緒だよね？　だって今までもそうだったし、キーリがお城にいるのが嫌なら、私はどこにだって……」

先ほどまで悩んでいたことなど吹き飛んで、シリカの唇は勝手に言葉を紡ぎ出す。

その声音の頼りなさが、いっそうシリカを不安にさせた。まるで誰もいない壁に語りかけているような、心許《こころもと》ない気持ちに。

すると微《かす》かに、キーリが首を横に振ったのが分かった。

『私は猫だから自由に生きるし、シリカのことだって縛りたくない。人間の群れの中でシリカが自分でいたい場所を見つけられたなら、それはすごく嬉《うれ》しい。これで私の役目も終わりにゃ』

いつもなら、わがままで甘ったれで強気なキーリがそんなことを言う。

シリカはキーリの言葉を嘘《うそ》にするため、無理をして笑った。

「嘘、だよね？　いつもの冗談でしょ？　だっておかしいよ。そんなお別れみたいな……」

言いながら、ここしばらくキーリの口数が少なかったことを思い出す。

今までならどこでだって遠慮なく話しかけてきたはずなのに、リィナと話しているときやアゲートと話している時、キーリはずっと大人《おとな》しくしていた。

その時、彼女はどんな目でシリカのことを見ていたのだろうか。

想像すると、すっとベッドの底が抜けたような心許なさを感じた。

「キーリ？」

返事がない。

恐る恐るベットを下り、かまどの中で揺れる小さな明かりを、ランプの中に移す。

ぽっと強い明かりが灯《とも》り、ゆらゆらと部屋の中を照らした。

すると、ずっとそこにいるはずだと思っていた黒猫は、まるで闇に溶けたかのように消えてしまった。

シリカは動転して小屋の中を探し回ったけれど、どんなに小さな隙間《すきま》にすら、長年連れ添った相棒を見つけることはできなかった。

＊＊＊

翌日も忙しい時間を割いて、アゲートは森を訪れた。

少し遅くはなってしまったが、まだ眠るのには早い頃合いだろう。

アゲートは記憶のことで相談する相手がシリカしかいないということ以外にも、昨日《きのう》の彼女の様子がどうもおかしかった気がして、それがずっと気になっていた。

いつもの彼女は相手の話を聞いたり意見を返すことに熱心なのに、昨日に限ってはずっと心ここにあらずで、終始不安げにしていた。

なにか悩みがあるのだろうかとも思ったが、自分の話をするのに必死で聞いてやることもできなかった。

なんだかそのことに妙な罪悪感を覚えて、今日も忙しい合間を縫って森へやってきたというわけなのだ。

勿論《もちろん》、本来の目的も忘れていない。

アゲートはかつて森で、自分とブラウが関わるような出来事があったのだと確信していた。もしかしたらその出来事が、ブラウの成長を妨げる遠因になっているのかもしれない。

(だとしたら、なんとしても突き止めなくては)

ところが今日一日、幼い頃から付き合いのある公爵に使いを出したり、ロマリオに尋ねてみたりもしたが、一向に進展がない。

ならば自力で思い出すまでと、アゲートは失われた記憶のために森へと通うつもりだった。

(だから決して、シリカに会いたいとかそういう理由ではないんだ)

よく手入れされた小道を歩きながら、アゲートはそう自分に言い聞かせる。

本当にそれが目的であるはずなのに、言い聞かせていないとなぜか後ろめたく思えるのは、初めて会った時シリカに辛く当たりすぎたせいかもしれない。

しかし今では公爵の思惑通りというか、今までの世話役の中で唯一ブラウが懐いた彼女なら、どうにかなるのではないかという気がしている。

アゲートは高揚していた。

もう二十年近く、停滞していた問題の糸口がついに掴《つか》めそうなのだ。これが興奮せずにいられるだろうか。

アゲートは、自分が王位を継ぐことを半ば諦《あきら》めかけていた。

守護獣を成長させることもできない自分が、王位には相応《ふさわ》しくないのではとどれほど思い悩んだことか。

しかしその原因が別のところにあるのなら、まだ挽回の余地はある。自分が至らないせいではないのだと希望が持てる。

そのもしもが、彼を浮かれさせていたのかもしれない。

だからその光景を見た時、アゲートの驚きは相当なものだった。

「キーリ！　キーリィ！」

見覚えのある少女が森の中で、夜着姿のまま歩き回っていたのだ。それも靴も履かず、服は草の汁や土で汚れていた。

「なにをしている！」

慌てて駆け寄り、両肩を掴む。

金色の瞳《ひとみ》から涙を溢《あふ》れさせた少女は、ひどく打ちひしがれた顔をしていた。

「でん、か……？」

その目はアゲートのことを見ず、ただただ虚《うつ》ろだ。どれだけ泣いたのか目の下は赤く腫れ、明るいオレンジ色の髪はくしゃくしゃに絡まっていた。

「一体何があった？　誰かに襲われたのか⁉」

まず頭をよぎったのは、森に侵入者が現れたのかもしれないということだった。実際立ち入りを禁じている場所ではあるが、禁足の森は決して入るのが難しい場所というわけではない。お化けが出るという噂《うわさ》で誰も好んで近寄らないだけで、入ろうと思えば侵入はそれほど難しいわけではないのだ。

「わたし……わたしなんてことを……」

そう言ったきり、少女は両手のひらに顔を埋めて何も語ろうとはしなかった。

とにかくアゲートは彼女を落ち着かせようと、彼女をいつもの庭師小屋へ連れて行くことにした。裸足でこれ以上歩かせるわけにはいかないと、そっと横抱きにする。

シリカは抵抗もせず、ただただ静かに泣き続けた。

それほどまでに、彼女の負った心の傷は大きいということなのだろう。

とにかく小屋に着くと、アゲートはまず持っていた手巾《ハンカチ》を水で絞り、傷ついたシリカの足を拭《ぬぐ》った。

王子だから何もできないと思われがちだが、剣術を習っていれば自然と傷の応急処置をするような場面も出てくる。

どうやら、裸足で歩いていたとはいえ深い傷はないらしい。

アゲートはほっと安堵《あんど》のため息をつくと、いつもは自分が座る椅子《いす》に少女を座らせた。

いつものシリカだったら「とんでもない」と大騒ぎしているだろうが、今の彼女は何をされても黙って泣き続けるだけだ。

そのすすり泣くような声が胸に痛くて、アゲートは彼女の涙の理由を聞くのが恐いと思った。

何か問題が起こっているなら早急に対処しなければいけないのに、彼女にその原因を語らせるのはあまりに非道のように思われたのだ。

そんな生真面目《きまじめ》なアゲートなので、しばらくして語られた涙の理由に、彼は思わず呆気《あっけ》にとられてしまった。

「飼い猫が、いなくなった?」

どんな恐い目に――――と覚悟して耳を傾けていたアゲートは、思わず安堵のため息を漏らした。

「なんだ、そんなことか」

しかし、これがいけなかった。

ようやく落ち着いてきたかと思われた少女は、アゲートの言葉に再び涙をこぼす。

「わ、私にとってキーリはたった一人の……ひっく、家族なんですっ……そんなことなんかじゃ……」

以前は王太子であるアゲートに真っ向から噛《か》みついてきたシリカも、こうなれば年相応のか弱い少女でしかない。

アゲートはすっかり困ってしまい、不器用ながらに弁解を始める。

「すまない……俺は猫を飼ったことがないものだから、君の気持ちが分からなくて、その……。傷つけたならいくらでも詫《わ》びよう。だから泣き止《や》んではくれないか？」

仮にも淑女の扱いに慣れた、王太子の言葉ではない。

けれどアゲートは、高い矜持《きんじ》や傲慢《ごうまん》さなど欠片《かけら》もない、シリカのような少女にはどう対処したらいいのか、皆目見当が付かなかった。

彼の前で、泣き真似《まね》をする少女は少なくない。次期王妃の座を狙《ねら》って、パーティーではいつも女たちの静かな戦いが繰り広げられる。

アゲートはそんなパーティーに飽き飽きしており、どんなに可憐《かれん》な少女だろうが泣き真似ならば冷たく受け流すことができるのだ。

けれどシリカのそれは、あまりにも切実だった。

自分がどんな姿になっているかも構わずに、ひたすら飼い猫が恋しくて泣き続ける。

まるで――母猫を恋しがる子猫のように。

「すみませ……わたしっ、殿下になんてこと……ひっく。でも私、キーリがいなくちゃ……私一人じゃ……ひっく」

泣きすぎて、しゃっくりが止まらなくなっているらしい。

アゲートは更に、どうしていいか分からなくなった。

（ああ俺にも、こんな頃があったな）

シリカの泣き顔を見ていると、アゲートは遠い昔のことを思い出す。

母親の興味が、自分にはないのだと知った時。どんなに頑張っても、愛してはもらえないのだと悟った時。

確か自分は泣いたはずだ。けれど遠い昔すぎて、そして忘れようとしすぎたせいで、記憶はひどくすり切れていた。

そういえば、自分はどうして愛してもらえないなどと思ったのだろう。確かに母は冷たくとも、それは上流階級の家では当たり前のことだったはずだ。

しかしアゲートはなぜか、母に嫌われていても仕方ないと思ってる。卑下や比喩などの類《たぐ》いではなく、ただ純然たる事実として――。

幼い自分の泣き声が、シリカのそれと重なった。

褪《あ》せた記憶。服装は泥だらけで、仕立屋が丹精込めたであろう服が台無しだ。体中擦り傷だらけで、膝《ひざ》も肘《ひじ》もズキズキと痛む。

側には白い守護獣が浮かんでいた。そしてまだ若い父とロマリオが、難しい顔でアゲートを見下ろしている。

幼い頃、父と話した記憶などほんのわずかだ。その父が珍しく、アゲートの肩に手を置いて言った。

『忘れるんだこのことは。何もなかったことにしよう。アゲートの幸せのためにも』

(俺は……どうして泣いたんだ?)

思い返してみると、父のセリフは奇妙だった。

アゲートに語りかけられているはずなのに、なぜか他《ほか》の第三者に語りかけているようなのだ。

(ロマリオに言っているのか？　いや、違う)

父の口調は、もっと親しい相手に語りかけるようなそれだった。父とロマリオは付き合いこそ古いが、その関係には王と臣下という厳密な線引きがあったはずだ。

涙で霞《かす》む視界の向こうに、二つの人影が見えた気がした。

顔を歪《ゆが》めた母と、そして――……。


「殿下？」

呼びかけられ、アゲートははっと我に返った。

どうやらいつの間にか、物思いに耽《ふけ》っていたらしい。

シリカが心配そうな顔で、アゲートを見上げていた。

「すいません。困らせてしまって……」

どうやらアゲートが黙り込んでいた理由を、己に非があると思っているらしい。

ひとしきり泣いた彼女の目には、既に理性が戻っていた。

「こんなことまで、していただいて本当に……なんとお礼を言っていいか……」

か細い声で、囁《ささや》くように言う。

その声はひどくかすれていて、彼女の嘆きがどれほどのものか訴えかけてくるようだ。

「いや。俺の方こそ、無神経なことを言った。君にとって、あの黒猫は大切な家族なんだな」

そう言うと、立ち直りかけていたシリカの表情が曇った。

慌てて訂正しようとしたら、予想に反して少女の目に、失われかけていた強い光が灯る。

「ええ、大切な家族です。だから私、諦めませんっ」

彼女は泣き濡《ぬ》れた顔で不器用に笑った。

その顔を見て、アゲートはなぜだかたまらない気持ちになる。

彼女は強くて、こんなに弱った時ですらアゲートを頼ろうとはしないのだ。

そうして思い至る。自分がシリカのことを何も知らず、そして知ろうともしてこなかったのだということに。

　確かに、必要な知識ではなかった。

　信頼する公爵が推挙した人間なら、そしてその人間性にさえ問題なければ、ブラウの相手を勝手にやってくれという投げやりな思いがあったことは否めない。

　けれど少なくとも今は、アゲートは彼女のことを無視できない存在として、泣いていたら手を差し伸べる相手として、確実に他の使用人とは区別してしまっている。

　初めに子供じみた八つ当たりで誰よりも冷たく接してしまったからこそ、今はこの関係を大切にしたいとすら思うのだ。

　自分の足で立とうとする少女に、そして頼られない自分に、アゲートは微かな苛立《いらだ》ちを覚えた。

　アゲートの沈黙をどう受け取ったのか、シリカは急いで立ち上がりアゲートに椅子を譲ろうとする。

「あの、どうぞ……」

「いや。今日のところは君が座っていてくれ」

「そういうわけには……。そういえば、今日はどうしてここにいらっしゃったんですか？　ブラウ様のことでしたらあの、ご覧の通り今日はお会いできてなくて……」

　シリカが気まずげに言う。

彼女の言葉に、アゲートははっとした。

彼自身、一番の目的であるはずのブラウの存在が、すっぽり頭から抜け落ちていたからだ。

いや、目的ならばあった。

それはブラウに関して失った記憶を取り戻すこと。

城に来て間もないシリカがそれを知るはずもないが、今のところ相談できる相手は彼女だけだからとアゲートは森にやってきたのだ。そしてあわよくば、その記憶を取り戻すことができないものかと。

そこまで考えた時に、アゲートははっとした。

(もしかしたら、さっきの記憶こそがそれなんじゃないか?)

彼は、先ほどまでの回想に改めて意識を向けた。

細部までは不明だが、父である王は確かに、アゲートにその出来事を忘れさせようとしていた。そして実際今の今まで、アゲートはそんな出来事があったことすらすっかり忘れていたのだ。

(帰ってロマリオに確かめなければ)

記憶の中には、今より若い侍従の姿も確かにあった。

彼には一度確認していたが、おそらく王の命令だからと口を噤《つぐ》んだに違いない。

気になり出すと居ても立ってもいられなくなり、アゲートは小屋の出口へと向かった。

「殿下?」

「悪いが急な用事ができた。今日のところは失礼する。戸締まりをして、温かくしてしっかり休め。この森で飼い猫を探すのなら、できる限り協力するから」

言うべきことを矢継ぎ早に言うと、アゲートは扉を開けて小屋を出ようとした。

しかしそこで、驚いたことに外から扉が開かれる。

王族とシリカ以外は滅多に立ち入ることのない森の中だ。

驚いていると、そこには息を切らせた若い侍従の姿があった。

「お前は……」

問いかける前に、青年は息を荒げたままで叫ぶように言う。

「殿下! 陛下が危険な状態だと侍医から連絡がっ、急ぎお戻りください!」

アゲートの体を、稲妻のような衝撃が走る。

扉を塞《ふさ》いでいた侍従の体を押しのけ、アゲートは城へ向かって走る。

(まだだ。早すぎる! まだなんの準備もできていないというのに!)

全速力で走るアゲートの口から、白い息が立ち上っていた。白銀の髪が闇を切り裂く。

美しい月が、城の屋根に懸かっていた。まるで人の儚《はかな》さをあざ笑う、冥府《めいふ》の神の使いのように。

＊＊＊

侍医の懸命の処置のためか、あるいは自身の生命力の強さか、とにかく王は一命を取り留めた。

しかし依然として危険な状態が続いており、崩御は時間の問題と思われた。

ここにきて、アゲートを推す者とフレデリックを推す者で宮廷は真っ二つに割れており、嵐《あらし》がすぐ目前まで迫っていることは、誰の目から見ても明らかになっていた。

＊＊＊

シリカはすっかりアゲートの世話になってしまった自分を恥じて、次に会ったらきちんとお礼や謝罪をしなければと考えていた。

しかし忙しさからかアゲートはぱったりと森に来なくなり、彼女は彼女で日々キーリ探しに森を歩き回っていることが多かった。

数日たって、どうしても心が沈んでしまうので、シリカはリィナに会いに行くことにした。

ミリアが復帰したのだから邪魔になってしまうかもしれないと思って、しばらくは厨房《ちゅうぼう》へ行くのを遠慮していたのだ。

その間、当然ブラウへの骨の貢ぎ物もストップしていた。

なので厨房へ向かったのには、ブラウからのお達しもあってのことだ。

消える前に美味《おい》しい骨がいっぱいほしいと言う彼のために、シリカはキーリ探しの手を止めて厨房へ行く気になったのだ。

そうでなければ、もうしばらくは城に寄りつかなかったかもしれない。

結果として、シリカはリィナから驚きの話を聞かされることになった。

「殿下が謹慎!?」

「ね！　シリカもおかしいと思うでしょ!?　アゲート殿下はいつも国のために尽くしていらっしゃるのに、陛下危篤の時に即座に駆けつけられなかったぐらいでなんだって言うのよ！」

なんだが随分久しぶりな気がするリィナは、いつものようにお皿を洗いながら怒りの声を上げた。

その隣ではミリアが、眉《まゆ》を八の字にして彼女をなだめようとしている。

「リィナってば、ここ何日かずっとこの調子なの。リィナ、誰が聞いてるか分からないんだから、もう少し声を潜めて。このままじゃリィナまで謹慎になっちゃう」

一方でシリカは、アゲートが謹慎になっているという事実に打ちのめされていた。

国王が危篤状態になった時、アゲートは森に居たのだ。森で、キーリを探してぼろぼろになったシリカを慰めてくれていた。

なんてことをしてしまったんだろうと、シリカは頭が真っ白になった。

「大丈夫シリカ？　顔が真《ま》っ青《さお》よ」

ミリアに尋ねられても、シリカは頷くこともできない。

目の前の泡だらけになったお皿を見下ろして、ひどく打ちのめされてしまう。

「ちょっと平気？　無理に手伝わなくても大丈夫だよ？」

リィナに顔をのぞき込まれ、なんとか首を振って否定した。

アゲートが心配で仕方ないが、今は話を聞くのが先決だ。

「だ、大丈夫。それで殿下は、どうなったの？」

シリカが尋ねると、リィナとミリアの表情はより一層暗いものになった。まあリィナの場合は、暗いと言うより憤怒《ふんぬ》の形相だが。

「側近とも引き離されて、お部屋で謹慎されてるんだって。王妃様も王妃様よ。どうして殿下を庇《かば》ってさしあげないのかしら」

「そんな……」

「アルトマイアー公爵が殿下の謹慎を解くよう訴えてるらしいけど、王妃様は何も言わないんだって。元々殿下をよく思わない貴族も多くて、宮廷は王弟殿下の天下だって……このままだと謹慎させられたまま殿下は廃嫡させられてしまうかも」

使用人たちの噂は、本来なら城の外に漏れたらまずいようなことまで明け透けになってしまう。それもそのはずで、城中どこにでもいる彼らの目と耳と口を塞ぐことなんて不可能だからだ。

シリカはアゲートがまさかそんなことになっているとは思わず、恐ろしさで言葉をなくした。

「実の息子なのに、どうして庇ってあげないんだろう？　王弟殿下が次の国王になったら、王妃様だって困るはずだよね？」

リィナが首を傾《かし》げる。

実の息子であるアゲートが即位すれば王妃は王太后になるが、現王の弟であるフレデリックが即位すれば、王妃はたちまち華やかな身分から一転して不自由な立場に追いやられるはずだ。

するとと意外なことに、その疑問に答えたのはミリアだった。

代々城に仕える家系に生まれたという彼女は、ここだけの話にしてほしいと前置きして語り始める。

「実は、今は全然そんな話出てこないけど、昔王妃様が王弟殿下と浮気なさっているっていう噂があったんだって。禁足の森で逢い引きしている姿を、見た使用人がいたとかいないとか……」

「えー!?　旦那《だんな》の弟と？　信じらんない。それが本当だとしたら、アゲート殿下がおかわいそう」

リィナの話は、結局いつもアゲートのところに行き着く。

それはそれとして、シリカはミリアの話に動揺を隠せなかった。

それは彼女の話した噂が、あの日ブラウから聞いた話とぴったり符合するからだった。

『アゲートは見ちまったんだ。あの日森で、王妃がフレデリックと抱き合っているところを。フレデリックは咄嗟《とっさ》にアゲートを消そうとした。俺は突風を吹かせてアイツを守ったが、その弾みに精霊石を落としちまったんだ』

疲れたように言う守護獣の顔を思い出す。

彼は、長年にわたる精霊石の捜索に疲れ切っていた。

アゲートを守ろうとして精霊石を失ったブラウ。アゲートはそのことを知らず、そして当時何があったのかも覚えていない。

「フレデリック様は王妃様と通じた罪で、無理矢理隣国に留学させられたらしいわ」

「だとしたら、陛下がご病気になられた今を狙って戻られたということ？　殿下から王位を奪うために――そんなの許せない！」

アゲート贔屓《びいき》のリィナがいきり立つ。

その声に驚いたミリアが、彼女をまあまあとなだめていた。

「でも、なんで王妃様だけお咎《とが》めなしなの？　なんか納得いかないな～」

「陛下は事を荒立てない方がいいとお考えになったんじゃないかな？　でも、それ以来王妃様は陛下と一層不仲になられて、殿下ともほとんどお会いにならなくなったみたい。あんなにそっくりでらっしゃるのに、なんだか悲しいね」

ミリアが悲しげなため息をつく。

それはシリカも同感だった。実の母の浮気現場を見てしまっただけでもショックなのに、その母から冷たくされるというのはどんな気持ちだろうか。

両親の記憶がないシリカには想像が難しいことだが、それでもきっとアゲートが辛《つら》かったであろうことは分かるのだ。もしかしたら彼は、自らを守るために敢《あ》えてその辛い記憶を封じ込めているのかもしれない。

そう思うと、記憶を取り戻さなければと焦る彼にであっても、気軽にブラウの話をすることはできなかったのだ。

けれど、もうその状況は変わってしまった。

「私……」

おもむろに立ち上がると、震える声でシリカは言う。

こんなことを思いつくなんて、自分で自分が信じられない。

以前の自分だったら、きっと恐れて一人で縮こまっていたはずだ。それか尻尾《しっぽ》を丸めて逃げ出していた。自分にはキーリさえいればいいのだと。

けれど――もうそう思っていた頃には戻れない。

なぜならシリカは、アゲートの不器用な優しさに触れてしまったから。

「二人にお願いがあるの」

突然そんなことを言い出したシリカを、二人は不思議そうに見上げていた。

＊＊＊

「気に入らない気に入らない気に入らない！　あれもこれもそれも全部！」

突然金切り声を上げたのは、ドレスをまとった貴婦人だった。

使用人たちはまたかと思いながら、主人が不快にならないようしずしずと部屋を出て行く。

「どうしてフレデリック様は、私に会いに来てくださらないの⁉　やっとお戻りになられたのに……君に会いたいと、ずっとお手紙をくださっていたというのに！」

美しく結い上げられた白銀の髪を、彼女はぐしゃぐしゃとかきむしった。青い目を血走らせた姿は、狂気すら感じさせる。

「陛下が死ねば、やっと私たちは一緒になれるのよ……っ！　長かった。長すぎたわ。私はすっかり老いてしまった。もうあの人だけが頼りだというのに！」

使用人の中で唯一部屋に残った老女が、痛ましげに主《あるじ》の姿を見つめている。

「姫様、どうか気をお鎮めになってください。美しいお髪《ぐし》が台無しになってしまいます」

王妃が実家から連れてきた彼女は、娘のように思っている王妃が荒ぶる姿にひどく心を痛めていた。

何不自由なく育てられ、国王に輿入《こしい》れして全《すべ》てを手に入れたかのように見える王妃。

しかし実際は、最も愛した者に裏切られ、捨てられようとしていた。

フレデリックから熱烈に送られ続けていた手紙が、心からのものではないことを侍女は知っている。

王弟の放蕩《ほうとう》や女遊びの激しさは、遠く離れてすら王妃の実家を介して老婆に伝えられていたからだ。

しかし彼女は、そのことを主に伝えることができなかった。

フレデリックが会いに来ないというだけでこれほど取り乱す王妃に、どうして真実を告げられただろう。

王妃というのは籠《かご》の鳥。実際にフレデリックを追いかけていくこともできないというのに、わざわざ隣国での醜聞を伝える必要もない。

老婆のその判断が、ある意味では王妃のフレデリックへの思慕を悪化させたとも言える。

王弟との禁断の関係が露呈して以降、王妃はより不自由な生活を余儀なくされた。

他の恋人を作る余裕もなく、夫である国王に冷遇され続けたのだ。

それは当たり前の処置だったが、生まれてこの方不自由などしたことのない王妃には耐えがたい生活だった。

彼女はその遠因を作った息子を遠ざけるようになり、そしてフレデリックとの恋に執着した。

「ああ、フレデリック様。別れ際にくださった、私の瞳と同じ色をしたこの指輪。ずっと肌身離さず持っているのですよ。この指と一緒に送りつけたなら、あなたは私を思い出してくださるかしら……？」

指にはまった大粒のブルーサファイアを撫《な》でながら、魅入られたように王妃は言う。

遠い異国の指切りの習慣が、彼女はやけに気に入ったようなのだ。

曰《いわ》く――再会を約した恋人に、その約束を思い出させるために自らの指を切り落として送るのだと。

「姫様、それだけは……それだけはどうか……」

祈るように、老婆は王妃の足元に這《は》いつくばる。

そしてどうしてこうなってしまったのかと、無念の思いを強くした。

「そのお美しい指が、欠けてしまうなど私には耐えられませぬ」

「だってねばあや。それほどまでに私はフレデリック様を愛しているのよ。指の一本など惜しくないほどに。この熱烈で凶暴な気持ちを、あの方に分かっていただきたいの」

「姫様……」

深い悲しみに打ちひしがれた老婆の目に、ふとしなやかな黒猫の姿が過《よ》ぎった。

ここ数日窓の外をうろついている野良猫だ。

毛並みがいいから、あるいは貴族の飼い猫かもしれないが。

「ほら姫様。黒猫が来ていますよ。いつものようにミルクをあげましょう」

老婆は黒猫を利用して、王妃の気を逸《そ》らすことにした。

気まぐれにやってくるこの黒猫を王妃はいたく気に入り、ミルクをやってはそれを飲む様子をいつも楽しげに眺めている。

老婆の期待通り、彼女の興味は指輪ではなく猫に移った。

小さな小皿にミルクを注いでやると、黒猫はぺろぺろと小さな舌でそれを飲む。

「まるで夜のように黒い猫ちゃん。私を悩ませるこの想《おも》いを、あなたがフレデリック様まで届けてくれればいいのにね」

猫を見つめながら、王妃が呟《つぶや》く。

黒猫はまるで返事をするかのように、彼女を見つめてにゃあと鳴いた。

＊＊＊

「どう、かな？」

城のメイドに支給されるメイド服をまとったシリカは、落ち着かなさげにスカートの裾《すそ》に触る。

「大丈夫。似合ってるよ」

メイド服を貸してくれたミリアが、笑いながら言った。

「それにしても驚いた。シリカがまさか、突然あんなことを言い出すなんて」

側に居たリィナが苦笑する。

自分でも突然だった自覚があるだけに、シリカは顔を赤くした。

「ご、ごめん。驚いたよね……」

「いなくなった猫ちゃんを探すのに、メイド服を貸してほしいだなんて……言ってくれれば探すのいくらでも手伝ったのに」

「ありがとう。でもどうしても自分で探したくて……」

キーリを口実にしたことで、ずきりと胸が痛んだ。リィナとミリアには、森で見当たらないので目立たずに城内を探すため、メイド服を貸してほしいと言ってある。

二人は怪しむことなく、快くシリカに協力してくれた。

キッチンメイドの服装では入れる場所に制限があるからと、わざわざ上級メイド用の制服をどこかから手に入れてきてくれたのだ。

バレたらどうなるか分からないのに、シリカが困っているならと助けるのは当然だと言って。

しかしシリカの本当の目的は、城内に潜入して謹慎させられているというアゲートを救い出すことにあった。

話を聞いて、居ても立ってもいられなくなってしまったのだ。

本当のことを二人に話したら、もしもの時二人にも迷惑がかかるかもしれない。

なのでシリカは敢えて嘘《うそ》をついた。申し訳なさで胸が張り裂けそうだったが、ここまできたらもう後戻りはできない。

(二人とも……嘘をついてごめんね。殿下。絶対に助けます。待っていてください)

祈るように、シリカは思った。

キーリがいない自分にそんなことができるのかは不安だが、アゲートを助けたいという思いに突き動かされる。

「猫ちゃんが見つかるよう祈ってるよ。気をつけてね」

「ありがとう。行ってきます!」

そうしてシリカは、厨房の裏庭を後にした。

＊＊＊

お城の廊下は、迷路のようだ。

きっと攻め入られた時に相手を攪乱《かくらん》するために、わざわざそういう造りにしてあるに違いない。

シリカは人目を避けつつ、できるだけ窓がある道を選んで進んだ。太陽の方角が分かれば、少なくとも迷子になることはないからだ。

それに、もう一つ理由がある。

「あ、カラスさん！」

窓から身を乗り出し、飛んでいた鳥に声をかける。

『なんだ？　おまえ誰だ？』

滑空中に呼び止められたカラスは、戻ってきて窓枠に着地した。黒く大きな体と艶《つや》のある鋭い嘴《くちばし》。そしてきょときょと首を動かしながら、不思議そうにシリカのことを見つめる。

「急に呼び止めてごめんなさい。お城の中で、キラキラとした銀色の髪の男の人、見なかった？」

カラスはキラキラとした物が好きで、なおかつ頭がいい。

微かな期待をいだいて尋ねると、思い当たる節があるのかカラスはしばらく考えて言った。

『上、上、もっと上カー。キラキラした頭の人間、カチコチの鉄格子の部屋』

その答えに、シリカは衝撃を受けた。

謹慎とはいえ、王子はその地位に相応しい扱いを受けているはずだと無意識に思い込んでいたからだ。

しかしカラスの話では、アゲートは鉄格子のはまった部屋に閉じ込められているという。

(なんてひどい……っ)

シリカはカラスと別れ、廊下を急いだ。一刻も早くアゲートを助け出すためだ。

誰かに出くわすたび、道の端に避《よ》けて顔を伏せる。

前の屋敷では高貴な人々にできるだけ姿を見せないようにと教育されたので、おかしなことではないはずだ。

階段を見つけるたびに上るを繰り返していたら、思った通りどんどん見張りの兵士の数も増えていった。

きっとやんごとなきお方が居るからに違いない。

けれど半面、もっと色々な鳥から情報を得たかったのに、人が多くなったせいで迂闊《うかつ》に窓の外に声をかけることができなくなってしまった。

「おい、お前」

その時だ。

兵士の一人に呼び止められる。

一瞬体が硬直したが、そのことを悟られないように振り返った。

「なにか……?」

「見ない顔だな。一体どこに行くつもりだ?」

沢山いるメイドの顔をいちいち覚えている兵士がいるはずはないとここまできたが、どうやらこの兵士は違うらしい。

そしてその後ろには、明らかに貴人と分かる男性が立っていた。

これ以上ないほどに豪華な衣装を身につけた、大柄で眉の太い意志の強そうな男性だ。その
どこか粗野な雰囲気に、シリカは本能的な恐怖を覚えた。

「それが、アルトマイアー公爵閣下の飼い猫が逃げられたそうで、探すように命じられまして
……」

咄嗟に、シリカは公爵の名前を出す。

顔見知りの公爵ならば、もし身分が照会されたとしても咎められはしないだろうと考えたか
らだ。

すると、兵士は一目で分かるほどに顔を歪めて舌打ちをした。

「ちっ、また猫が逃げたのか。ったく迷惑なじいさんだ」

これにはシリカも驚いてしまった。

とてもではないが、高貴な人間の前でしていい態度ではない。

しかし彼の後ろの男性は驚くでもなく、口元ににやにやと嫌な笑いを浮かべていた。

「こら、そういうことを言うな。これが俺の前でなかったら、罰せられているところだぞ」

「これは、すいません」

男は愉快そうに言い、兵士はまるで媚《こ》びを売るように、男の顔色を窺《うかが》っている。おそらくわ

ざわざ乱暴な物言いをしたのも、後ろの男の機嫌を取るためだったのだろう。

反射的に、シリカはその場を逃げ出したくなった。

それは二人の態度が苛立たしく感じられたのと、そして男の視線に、まるでシリカのことを値踏みするような色があったからだ。

「ふん。たまには変わり種もいいな。若くて活きが良さそうだ」

男の言葉に、ぞくりと背中が粟立《あわだ》つ。

反射的に身を引こうとしたら、すぐさま間合いを詰めた男に手首を掴まれてしまった。

「は、離してくださっ」

「ふふ、震えているな。こういうのも新鮮でいい」

すると兵士もまた、横から好色な目を向けてくる。

「よかったな娘。この方は次期国王であらせられる、フレデリック殿下だぞ。せいぜい気に入られるよう頑張るんだな」

なんとその男は、アゲートを閉じ込め王位を奪おうとしている張本人だったのだ。

シリカは逡巡《しゅんじゅん》した。

本当は今すぐ逃げ出したいほど恐ろしい。でも、この男なら間違いなくアゲートの居場所を知っている。

(聞き出す方法さえあれば……)

「こっちへ来い」

考えている間に、掴まれた手を痛いほどに引っ張られる。

兵士はニヤニヤと笑うばかりで、助けを求められる相手はいそうになかった。

シリカは泣きそうになりながら、必死で男から逃げる方法と、そしてアゲートの居場所を聞き出す口実を探していた。

＊＊＊

男の部屋は、いかにも王子らしい豪奢《ごうしゃ》な部屋だった。

いや、いかにもというには語弊があるかもしれない。だってアゲートの部屋は、どちらかというと質素で品のいい部屋だったから。

フレデリックの部屋はそうではなかった。そこかしこに金箔《きんぱく》が貼《は》られ、窓から入る光が反射してぴかぴかと眩《まぶ》しい。

そしてがたがたと震えていたシリカの口が、ようやく動いた。

男の部屋にある巨大な寝台を目の前にして、本気で恐怖を感じて言わずにはいられなかったとも言うが。

「わ、わたし、猫を探さないと……ルシアナを……」

「ルシアナ？　ああ猫の名前か。ふん、あんなじいさんのことは放っておけ。どうせ俺が即位したら、あんなやつすぐに閑職に追い込んでやるさ」

一気に獣じみた表情になった男に、シリカは本能的な恐怖を覚えた。

口だけではなく、手足すらも震え出す。

それを感じ取ったのか、男の口元には嗜虐的《しぎゃくてき》な笑みが浮かんだ。

「いいな。新鮮な反応だ。狩りで子ウサギでも追ってるような気分だ」

シリカの恐怖は、男を喜ばせるだけのようだった。唇を噛み締めて、どうにか恐怖を克服しようとする。

今まで、シリカがピンチになった時はいつもキーリが助けてくれた。

身軽で頭のいいキーリ。シリカの大切な家族。そんな彼女が、今は側に居ないのだ。

（キーリはいない。だったら……自分でどうにかするしかない！）

シリカは覚悟を決めて、男の足を思い切り踏んづけた。

「グッ！」

男の顔が苦痛で歪み、手首を握っていた手の力が緩まる。

その隙《すき》に手を振り払い、シリカはドアのノブに取り付いた。外に飛び出ると、先ほどの兵士が唖然《あぜん》とした顔で立っていた。どうやら扉の前の警護を担当しているらしい。

シリカは兵士が我に返る前に、絨毯《じゅうたん》の敷かれた廊下を全速力で走った。

「待て！　逃すな!!」

フレデリックの声が聞こえ、後ろから重い重い足音が迫ってくる。

胃袋の底が冷たくなるような恐怖を感じた。絶対に立ち止まるわけにはいかない。

シリカはスカートの裾をまくり、無我夢中で走り回った。

途中角を曲がり、着た時とは逆でどんどん暗い方へ暗い方へと走っていく。シリカは、きっとどこかに、使用人用の隠し扉があるはずだと考えた。

こういったお城や貴族のお屋敷には、使用人が主人の目に触れないように移動するための通路がつきものだからだ。

しかし上級使用人に尋ねても、きっとフレデリックに引き渡されてしまうだろう。

息が切れて、どうしようと泣きそうになった時、運良く彼女の目の前を小さな毛玉が通りかかった。

ネズミだ。

シリカは驚いたネズミが転がり込んだ扉に、一緒になって走り込んだ。今は使われていない部屋なのか、中は家具に白い布が被《かぶ》せられ、埃《ほこり》臭かった。

慌てて扉を閉めると、荒くなった息を潜めて待つ。しばらくして、どたどたという数人の走る音が通り過ぎていった。

どうやら、部屋に入るところは目撃されずに済んだらしい。

シリカは大きなため息をつくと、子ウサギのように飛び跳ねる心臓を押さえた。

そして、ぎょっとして固まっているネズミに話しかける。

「ネズミさんネズミさん。このお城の中で綺麗《きれい》な銀色の髪の男の人を見なかった？」

とりあえずフレデリックの追っ手を撒くことができたシリカは、隠し通路を使ってアゲートの部屋へ辿り着けないかと考えた。

暗くて狭い場所を好むネズミならば、表の通路を使わずともアゲートの部屋にたどり着く方法を知っているかもしれない。

ネズミは驚いたように目をぱちくりと瞬《まばた》かせると、怯《おび》えたように鼻をひくひくと動かしながら言った。

『妙なことを言うお嬢さんだ。あんたに俺の言葉が分かるっていうのかい？』

コクコク頷くと、ネズミは訝《いぶか》しげにヒゲをいじる。

『知らねぇこともねぇが、見返りは？』

「え？」

思いがけない言葉に、思わず問い返してしまった。

『え？　じゃねぇよ。まさか俺にただ働きしろってのか？　俺だって暇じゃねぇんだ。家に帰りゃあ子供や孫が百匹以上――』

「わ、分かった。無事に戻れたらパンをあげる。固く焼いた大きなパンだよ」

歯がすぐに伸びてしまうネズミは、歯を削ることのできる固い食べ物が好きなのだとシリカは知っていた。

『へへっ、悪くねぇ』

交渉成立だ。

『こっちだ。ついてきな』

ネズミの後をついて行くと、小さな穴の空いた壁に突き当たる。

『こんなかさ』

そう言って、ネズミは小さな穴の中へ入って行ってしまった。

シリカの大きさでは流石《さすが》にその穴を潜ることはできないが、壁の向こうが空洞になっていることが分かっただけでも大助かりだ。

付近の壁を押したり叩《たた》いたりすると、壁が薄く開いて細い通路が現れた。きっとこれが、使用人用の通路に違いない。

『こっちだ』

中は薄暗い。一瞬足を踏み入れるのを躊躇《ちゅうちょ》したが、いつ兵士たちが戻ってきてこの部屋を見つけるとも限らない。

シリカはぎゅっと拳《こぶし》を握ると、ネズミのチューチューという鳴き声に従って壁の中に足を踏み入れたのだった。

第五章　頼れるネズミと隠し通路

細い道を何度も曲がり、既に使っていないような古い通路も使って、シリカは埃《ほこり》まみれになりながらもネズミについていった。

必死だった。

さっきまでの恐怖など、すっかり忘れていた。

あるのはただ、アゲートを助けたいという想《おも》いだけ。

以前の彼女なら、自分に何ができるとやる前から諦《あきら》めていたはずだ。

けれど、不器用なアゲートの優しさを知ってから、ただ見ていることなんてできなくなっていた。

フレデリックが次の国王になるなんてまっぴらだ。

国王になるのなら、アゲートがいい。その隣にブラウがいたらもっといい。

シリカはいつの間にか、自分でも知らないうちにそう深く願うようになっていた。

そのためなら、どんな危険に飛び込んでいくことだって平気だ。こんなちっぽけな自分に、何かできることがあるのなら――。

蜘蛛《くも》の巣をかき分けて、シリカは薄い壁の前に出た。

闇《やみ》の中にうっすらと、一筋の光が差している。

『ねぇちゃん。ここがあんたの言ってた男がいる部屋だぜ。じゃあパンを貰《もら》おうか』

ネズミが胸を張って言う。

流石《さすが》にパンを持ち歩いてはいないシリカは、しゃがみ込んでネズミに礼を言った。

「ありがとう。大きなパンだもの。流石に今は持ってないの。でも絶対あとで渡すから、森の近くにある厨房《ちゅうぼう》の庭までできてもらえるかな?」

シリカの言葉に、ネズミは鼻をヒクヒクとさせた。

『ほんとか? まさか猫なんて待たせておいて、俺《おれ》を騙《だま》すつもりじゃないよな? そしたらひどいぜ?』

疑いの眼差《まなざ》しで見上げてくるネズミに、シリカはにこりと笑いかける。

「猫の友達はいるけど、絶対にあなたに手出しなんてさせないよ。頼りになるネズミさん。ここまで案内してくれてありがとう」

するとネズミは照れたように、再びヒゲをいじった。

『まあ、またなんか困ったことがあったら言えよ。報酬次第じゃ引き受けてやらなくもないぜ』

そう言って、ネズミはしゅたたたたと駆けていった。

シリカは小さく手を振ると、息を吞《の》んで壁に耳を寄せる。

すると、中から微《かす》かな話し声が聞こえた。

「……とうか？　かく……てすると……いぞ」

「ほ……だ。しら……い」

どちらも聞き覚えがある声だ。

シリカはぞっとした。それは声の片方が、フレデリックのそれだと気づいたからだ。

（どうしてこんなところにあの男が⁉　私を追いかけてたんじゃなかったの？）

耳を澄ませていると、どうやらフレデリックはシリカを探してこの部屋にやってきたようだった。相手に何度も誰《だれ》か来なかったかと確認しては、押し問答を繰り返している。

「知らないと言っているだろう！」

苛立《いらだ》ちが高まったのか、言い返したのは確かにアゲートだった。

ネズミの言っていたことは本当だったのだ。本当にこの向こうに、アゲートがいる。

そう分かっただけで、シリカの胸はじんじんと熱くなった。別れてからそんなにたっていないはずなのに、懐かしい声に思わず泣きそうになる。

（こんなとこで泣いてちゃダメだ……っ）

溢《あふ》れそうになる想いを、シリカは必死に堪《こら》えた。

壁の向こうでは言い合いが続き、しばらくしてフレデリックが部屋を出て行く。

乱暴に扉が閉まる音がして、壁の向こうが静まりかえったのが分かった。

(殿下はお一人だろうか？　それともまだ誰かいるの？)

音だけでは分からないことだらけだ。ネズミに頼んで部屋の中を見てもらえばよかったと、シリカは後悔する。

けれど、ここでもたもたしているわけにはいかない。

勇気を出して、彼女はそっと目の前の壁を押した。

＊＊＊

突然壁から現れたシリカに、アゲートは言葉を失っていた。

「い、一体何がどうなっているんだ……？」

シリカに近づきながら、彼は青い目をぱちぱちと瞬《まばた》かせている。

アゲートが思った以上に距離を詰めてきたので、シリカは思わずあとずさった。なにせ今の自分は、埃まみれで蜘蛛の巣まで被《かぶ》ったひどい姿だ。

「あ……汚い格好で、ごめんなさい。お部屋を汚してしまうかも……」

「そんなこと、今はどうでもいい！　どうして一人でこんなところへ……っ」

大声を出したアゲートは、外に漏れるとまずいと思ったのか慌てて口を押さえている。

シリカはゆっくりと考えながら、自分がどうしてここに居るのかを説明した。アゲートが謹慎させられていると噂《うわさ》で聞いたこと。助けたいと思ったこと。メイドに協力してもらって、ここまでやってきたこと。

アゲートはずっと、彼女の話を黙って聞いていた。

その眉間《みけん》にずっと皺《しわ》が寄っているものだから、怒っているのだと思ってシリカは顔を上げられなくなってしまう。

「ご、ご迷惑でしたよね……すいません。でもちょっとでもお役に立てるならって、思って……」

もう言葉もなくなり、あとは黙り込むだけだ。

あまりにも長い間アゲートが黙っているから、シリカはさっきとは違う意味で泣きたくなってしまう。

（やっぱりご迷惑だったんだ。私なんかに助けに来られても）

心は折れそうになっていたが、それでも後悔はすまいと思った。ここには自分が来たくてやって来たのだ。たとえ不必要だと言われようと、ここまでこれたことに何か意味はあるはずだ。

そう、必死に自分に言い聞かせていたら、突然硬い胸板が顔にぶつかった。

「うひゃっ」

変な悲鳴が口から漏れる。

何が起こったのか、すぐには理解できなかった。ただ息苦しくて、体の自由がきかない。アゲートの長い二本の腕が、しっかりとシリカの背に回っているせいだ。

シリカはパニックになった。経験はなくとも、これがどういう体勢なのかぐらいは分かる。

(だっ、抱きしめられてる⁉)

彼女は気が気ではなかった。だって自分は、さっき埃だらけの隠し通路を抜けてきたばかりだからだ。

「で！　でんかあのっ……離してください。私埃だらけで……」

「ありがとうシリカ……」

その押し殺された声には、単純ではない感情が籠《こ》もっていた。シリカの肩に顔を埋めている男は、きっと自分の表情を見られたくないのだろう。なにかと他人の感情に鈍いシリカだが、それでもそれくらいのことは分かる。

「俺はついさっきまで、今まで自分がやってきたことは全《すべ》てが無駄だったのだと思っていた。誰も来ず、誰にも庇《かば》われず、おめおめと閉じ込められるような王太子に何の意味があるのかと、ずっとそう思っていた」

そしてシリカは、アゲートが今までどれだけ沢山のものと戦ってきたのかを知った。

責任感の強い彼のことだ。きっと常に重圧を感じていたに違いない。初めて会った時、彼は何かに追われるように書類に向かっていた。そして触れた硬い手のひら。そんな彼の努力が、無駄だなんてことあるはずがないのに。

「殿下……意味ならあります。少なくとも私は、あなたが王になったクインベリーが見たい。私だけじゃありません。協力してくれたリィナもミリアも、きっと他《ほか》の人だって……」

気づくと我慢できずに泣いていた。

寂しくて泣いたり、うまくいかなくて泣いたことは沢山ある。だから我慢だってできる。

でも——。

「——君はいつも、俺がほしい言葉をくれるんだな」

アゲートの囁《ささや》きに、胸が締め付けられる。

シリカもアゲートの背に手を回すと、思わず涙がこぼれた。こんなに満たされた涙は、初めてだ。胸がどうしようもなく熱くて、溢れ出る気持ちを我慢するなんてこと、どうしてもできなかった。

「……どうして君が泣いているんだ？」

ずっとシリカの肩に顔を埋めていたアゲートが、顔を上げた途端に難しい顔で言う。

彼女は思わず笑ってしまった。

なにせアゲートの目の下は、しっかり赤くなっていたからだ。

「なんだ？」

眉《まゆ》を寄せて尋ねるアゲートに、シリカは笑って首を横に振った。

「なんでもありません」

アゲートの眉間の皺が深くなるごとに、シリカの笑みも深まっていくようだった。

＊＊＊

「お気をつけください。中は暗いですから」

アゲートが落ち着いたので、二人はシリカが使った隠し通路を使って、部屋を脱出することにした。

「こんな通路があったなんて……」

案の定、アゲートは絶句している。

仮にも王子に埃だらけの道を歩かせるのは申し訳ないが、緊急時なので仕方ない。

「そもそも、君はどうしてこの通路のことを知っていたんだ？　誰かに聞いたのか？」

アゲートの疑問はもっともだ。

シリカはどう説明すべきか悩んだが、そんなことよりも今は早急に逃げるべきだと考えた。

アゲートが軟禁されていたのは元々の彼の私室だ。

置かれていたランプを失敬して、昼間だが火をつける。

「使用人用の隠し通路をたどってきたら、偶然辿《たど》り着いたのです」

まさかネズミに道案内を頼んだとは言えないので、偶然を装ってみる。すると途端に、アゲートが訝《いぶか》しげな表情を作った。

「偶然？　そんなはずはない。そもそも普段使っている道なら、君は今頃《いまごろ》そんなふうに埃だらけにはなっていないはずだろう？　この通路は暗殺防止のため、先々代が使用を禁止したのだ。だから存在を知っている者は少ないし、思い通りの場所に行き着ける者などそれこそ父上と公爵ぐらいだろう」

「国王陛下が？」

「ああ。子供の頃よく二人で探検したと自慢なさっていたからな。子供心に羨《うらや》ましかったものだが、父上も公爵も決して中がどうなっているのかまでは教えてくださらなかった……」

「そんなことが……」

「ああ。だから、どうして君が知っているのかと聞いているんだ。公爵に聞いたのか？　あるいはまさか、父上に？」

「ち、違います！」

アゲートの表情が、どんどん疑わしげなそれに変わる。どうやら納得するまでは、通路に足を踏み入れない心づもりのようだ。

早く逃げるべきだと焦っていたシリカは、本当のことを告白するしかないと決心した。

だって、どうせいつかはブラウのことについても話さなければいけないのだ。いつか話さなければいけないのなら、今話したところで反応はそんなに変わらないに違いない。

「分かりました。理由をご説明しますので、ちょっと待ってください」

そう言い置くと、通路に向かって囁いた。

「ネズミさんネズミさん。お礼をするので助けてください。また道を教えてください」

「なにをして……?」

そしてしばらくすると、先ほどのネズミがやってきた。

『おうねぇちゃん！　この貸しは高くつくぜ』

大家族と父ちゃんネズミは、さっきと一緒で威勢がいい。鼻をひくひくさせて、絶好調のようだ。

「ネズミさん。また道案内をお願いできる?」

ネズミはシリカの顔をアゲートの顔を交互に見上げると、くしくしと顔を洗って言った。

『ねぇちゃんも隅に置けネェな！　男と逃避行かい?』

「そ、そんなんじゃないったら！」

『いいっていいって。俺っちもかぁちゃんの親に反対されてよう。二匹で愛の逃避行ってわけだ。思い出すねえ』

どうやら、ネズミの世界はネズミの世界でなかなかに大変らしい。

機嫌が良くなったネズミに案内され、二人は隠し通路に入ることになった。

言葉を失っていたアゲートは、ようやく我に返ったようだ。

「これは、どういうことなんだ？」

「見ての通りです。ネズミさんと――動物と話ができるんです。私……」

人間に、秘密を告白するのは初めてだった。

絶対他人に悟られるなと祖母に禁じられ、今までずっと隠し通してきた秘密だ。

自分からこんなふうに打ち明ける日が来るなんて、シリカは夢にも思っていなかった。

「まさか……そんな……」

アゲートは信じがたい様子だった。

しかし、いつまでもここで手間取っているわけにはいかない。いつフレデリックが、再びアゲートの様子を見に来るか分からないからだ。

「詳しくは無事脱出した後にお話しします。とにかく中へ。お早く」

シリカが急《せ》かすと、アゲートは戸惑いながら歩き出した。シリカは前を向き、ネズミの小さな背中に視線をやる。

『おう。話はまとまったかい？　ったく腹の据わらねぇ男だ』

「ははは……。とにかくお願いね。お礼も奮発するから」

『まかせときな！』

そして、シリカとアゲートはとたとたと歩き始めたネズミの後を追った。

来た時と同じように、道は狭く窮屈だ。シリカがようやく通れるような場所など、アゲートが詰まってしまったりしてなかなかに大変だった。

「本当なんだな？」

「え？」

「動物と喋《しゃべ》れるというのは。ネズミが逃げないで待っているとは。普通だったらどこかの物陰に逃げ込んでしまうところだろう」

驚いてはいるようだが、アゲートの反応はどこか納得しているようでもあった。

「そうか、だから君は公爵の猫を見つけることができたのだな。そしてブラウとも……」

アゲートの呟《つぶや》きは、シリカを気まずい気持ちにさせた。

なんとなく、ズルをしたような気持ちになるのだ。

今までブラウとの関係に苦慮してきたアゲートにとって、すぐにブラウと意思疎通することができる能力というのはどう映るのだろう。

シリカは何も言うことができなかった。

覚悟はしたつもりだったが、改めてそのことを指摘されるとどうしても心苦しい。

「殿下、私は……」

「いや。君を悪く言うつもりはないんだ。むしろ、君のような者が来てくれて助かったと言うべきか。でなければ俺は、ブラウをずっと憎み続けなければならなかっただろうからな」

アゲートの言葉は、シリカの罪悪感を更に刺激した。

（だって私は、殿下に知られるのが恐くて記憶のことをお話しできなかった……）

アゲートがなくした記憶を求めて森にやってきた時、シリカはどうしてもブラウから聞いた話を伝えることができなかったのだ。なぜ知っているのかと問われたらどうしようと、自らの保身のために。

「殿下……ブラウ様は私におっしゃったんです。ご自分が成長なさらないのは、『精霊石』という力の源をなくしてしまったからだと。それが見つからなければ、自らの存在が近く消えてしまうかもしれないとも……」

シリカの口調は、どうしても重たいものになった。

なにもかも、今更な気がする。

もしあの時言えていたら――――。そんなもしもを考えてしまう。

「なんだと？　じゃあ、あいつがずっと、成長せずにいたのは……」

「そうです殿下。ブラウ様は精霊石を失くしてしまわれた。その――――森でフレデリック様に襲われそうになっていた、殿下をお助けするために」

言えないことを伝えると、シリカの後ろを歩いていたアゲートは黙り込んだ。

コツコツと二人分の足音だけが響く。ランプがあるから来たときよりも明るいが、それでも不気味な道であることに変わりはない。

前を行くネズミの尻尾《しっぽ》がゆらゆらと揺れるのを見つめながら、シリカはアゲートが今どんな思いでいるのだろうかと想像した。

初めて城に来た時、ブラウのことを憎んでいたアゲート。

本当のことを伝えるのが彼にとって幸いなのか、シリカには判断のつかないことだ。

けれど彼らの関係を修復しようと思うなら、それを避けては通れないことも分かっていた。

しかし、アゲートの反応は意外なものだった。

「憶《おぼ》えている……」

「え……？」

「正しくは思い出した、だが。ずっと忘れていた。父上はあの日、俺に全てを忘れるよう言ったんだ。森には母上と叔父上がいた。俺はブラウと遊ぼうと思って、それで――……」

シリカの心は痛んだ。

けれど両親の居ない彼女には、アゲートにかけるべき言葉が見つからないのだ。

「はは、母上に嫌われるわけだな。俺のせいで愛《いと》しい男と引き離されたんだから……。ブラウが成長しないからだと思っていたが、それだけじゃなかったんだな――」

自嘲《じちょう》と共に吐き出された言葉は、まるで自らを痛めつけるためのもののようだ。

なにか言わなければと思うのに、どうしても言葉が見つからない。

どうしようと思っていたら、意外にも口を開いたのは前を歩くネズミだった。

『やいやい。やけに辛気くさいにぃちゃんだな？　そんなんじゃ極上のチーズだってカビちまうぜ。勘弁してくれ』

驚いて、思わず立ち止まる。

まさかネズミが、こんなことを言い出すなんて思わなかった。

『大切なのは、明日《あす》をどう生きるかってことじゃねぇのか？　振り返ったところで過去は戻らねぇ。そんなことグチグチ言ってる暇があったら、餌《えさ》の一つでも取ってこいってんだ』

ネズミも完全に足を止め、腕を組んで苛立たしげに足踏みをした。

どうやらアゲートの言葉がよほど腹に据えかねたらしい。

「どうした？　なんて言っているんだ？」

不思議そうにするアゲートに、ネズミの言葉を伝えていいものかシリカは悩んだ。

けれど伝えなければ先には進まないぞというネズミの視線に負けて、なんとか穏便に翻訳しようと苦心した。

まさか一国の王子に、餌を取ってこいなんて言えるはずもない。

随分穏便な表現にしたつもりだが、それでもシリカの言葉にアゲートは黙り込んでしまった。

気まずい沈黙が落ちる。

シリカは先ほどとは別の意味で泣きたくなってしまった。

一方で、ネズミはご機嫌で歩き出す。自分の言いたいことが言えて、すっきりしたらしいのだ。これで良かったのか悪かったのか。結論は後回しにして、シリカもその後に続いた。

大変な事態のはずなのに、緊張が持続しないのはこのネズミのせいかもしれない。

本当はこの後どうすべきなのかなど、考えることは山ほどあるはずなのに、ちっとも考えがまとまらないのだ。

するると突然、黙って付いてきていたアゲートがくすくすと笑い出した。

何事かと振り返ると、アゲートは指を口に押してて必死に笑いを堪えていた。

「あの……?」

「いや、下手《へた》な人間より、ネズミの方がよほど賢いと思ってな。それに、ここまで遠慮なく意見されたのは久しぶりだ」

自分が言われたわけでもないのに、シリカは顔から火を吹くかと思った。

「で、殿下。ほんと、お気になさらないでください。ネズミさんにはネズミさんの考え方があって、でも殿下には殿下のご事情が……」

「いや。ありがたい忠告だ。しかとこの胸に刻むとしよう」

『お？　分かってんじゃねぇかにぃちゃん！』

ネズミとアゲートは妙な盛り上がりを見せている。

間に挟まれたシリカといえば、これで本当に良かったのだろうかと頭を抱えたくなった。

動物と喋れると告白して距離を取られなかったのはいいが、信じてもらえたらそれはそれで大変なのだと、この時彼女は初めて知ったのだった。

『ついたぞ！　じゃあお礼期待してるぜねぇちゃん！』

そう言い残して、すたこらとネズミは去って行った。

なんだか妙な脱力感があるが、それでもどうにかネズミ用の小さな穴がある壁を押す。

その先には確かに、シリカが逃げ込んだ部屋があった。

ここで二人が不幸だったのは、ちょうど時を同じくして逃げたシリカを追っていた兵士が、近くの部屋を虱潰《しらみつぶ》しに探していたことだ。

「なっ！　お前達どこから……っ!?」

一瞬、シリカは何が起こったのか分からなかった。

部屋に入って兵士がいたと思ったら後ろから突き飛ばされて、起き上がったら全てが終わっていたのだ。

シリカが目にしたのは、昏倒した兵士と、その兵士の剣を奪い品定めするアゲートだった。

「え？　え？」

「すまんな。借りていくぞ」

アゲートは兵士の剣を腰のベルトに収めると、戸惑うばかりのシリカの手を取った。

「今の騒ぎを聞かれたかもしれない。逃げるぞ」

「え？　は？　はぁ……」

ここにきて、主導権は完全に入れ替わった形である。

アゲートに手を引かれ、シリカは部屋を出た。

廊下には誰も居ない。どうやら先ほどの兵士は単独行動だったようだ。

一瞬ほっと安堵《あんど》しかけたが、廊下の向こうからドタドタと複数の足音が迫ってきた。

「こっちだ！」

「なにかあったのか⁉」

アゲートの言ったとおり、先ほどの声を聞きつけた別の兵士がやってきたらしい。

「行くぞ」

声がする方とは逆の方向へ、アゲートが走り出す。

手を掴《つか》まれていたので、シリカは必死でアゲートの後を追った。

「誰だ！」

「殿下⁉　どうしてここに！　お部屋にお戻り頂きます」

兵士たちが二人を見つけたらしい。逃げる者と追う者たちの足音が重なる。

途中、通りかかったメイドの驚いた顔や、事態に気づいた侍従がアゲートを呼ぶ声。兵士の上げる怒声の中を、逃げる逃げる。

すぐに迷ってしまいそうな道を、アゲートは次々と曲がり進んでいった。

しかし、走りっぱなしで先にシリカの体力の限界が来てしまう。

「で、殿下っ」

「どうした！」

「お、置いていってください！　で、殿下だけなら、にっ、逃げ切れるかも」

「だめだ！」

勇気を出して提案したら、一蹴《いっしゅう》されてしまった。

「なっ、なぜですか」

「君は俺を見捨てなかった。なのにどうして俺が君を見捨てられると思う？」

「で、でもっ」

「口を閉じろ！　舌を噛《か》むぞ！」

怒鳴られて黙り込む。

握られた手は痛いほどで、どうやらアゲートは絶対に離すつもりはないようだ。

（どうしよう……殿下お一人ならなんとか逃げられるかもしれないのに。一体どうすればいいの!?）

追いかけてくる兵士の数はどんどん増えていく。

シリカはただアゲートに手を引かれるまま、一生懸命走り続けるしかなかった。

＊＊＊

キーリは猫だ。

猫の寿命は人間よりも短い。

シリカと一緒に生まれ育った彼女は、つまりもうおばあちゃんなのだ。

(私が居なくたって、そろそろあの子もなんでもできるようにならないと)

最近、キーリは体調が思わしくない。

眠っている時間が長くなった。何をするのも億劫になった。

猫は自分の死期が分かる。そして死ぬ時は人目のないところへ行って死ぬ。

キーリは焦っていた。シリカは娘のような存在だ。自分がいなくなった後も、幸せに生きてほしい。しっかりと立ってほしい。そう願っていた。

だから、公爵家の猫探しは渡りに船だったのだ。

シリカの特技を使って見つけ出し、今後の生活に不安がない仕事が手に入った。これで万々歳。ようやく手が離せると思ったら、今度はシリカのお城行きが決まった。役職は守護獣の世話役。なんだそれはと思った。

(でも、結果的に良かったんだわ。シリカには友達ができた。あの王子様も、悪い人間じゃないのは分かる。ちょっと不器用で鈍そうだけど)

手のかかる娘が、巣立っていくのは寂しいものだ。けれどそれ以上に、今は安堵がある。

シリカは、元の飼い主から託された娘だ。キーリはシリカの祖母の猫だった。

死に際に、シリカがいない時を見計らって、彼女は言った。

「あの子をお願い」

その言葉が、キーリの生きる指針だった。

(天国で会ったら、きっと褒めてくれるはずにゃ)

死に場所を探して森を歩きながら、キーリはそんなことを考えていた。

けれど、そこで偶然目にしてしまったのだ。王子とよく似た容姿を持つ女の指にはまった、青い青い指輪を。

その石は生命力に満ち溢れていた。キーリは一目で、その石が単なる宝石ではないと分かったほどだ。

何よりその色は、例の生意気な犬ころの目と同じ色をしてた。

(岩場をいくら探しても見つからないはずよ。まさかこんなところにあったなんて)

そう。ブラウのなくした精霊石を、一番に見つけたのはキーリだったのだ。

彼女は思った。今更、自分にはもう関係のないことかもしれない。けれど、見てしまったからには無視もできない。

(どうするべきかにゃ)

考えながらふらふらよたよたとしていたら、女がこちらに気づいて手を振った。

女は侍女に命じて、キーリに新鮮なミルクを出してくれた。初めは警戒していたが、キーリに狩りをする元気はもうない。

情報を得るためだと自分に言い訳して、キーリはそのミルクを飲むようになった。

考えを保留して、二日目、三日目。

女は毎日ミルクを出してくれた。

時に、取り乱してひどく暴れている時もある。もしかしたら、精霊石の強すぎる力が女を惑わせているのかもしれない。

キーリは老いた猫だ。俊敏さはもうないが、知識には長《た》けている。

彼女の自慢のお髭《ひげ》は、敏感に精霊石の力を感じ取っていた。力を消費させられない精霊石が、女に良くない影響を与えているのは明らかだ。

黒猫は慎重に様子を窺《うかが》っていた。

あの指輪を、奪うべきか。それとも見過ごすべきか。

しかし、悩んでいられる時間はそう長くはなかった。キーリの体は、少しずつ自由がきかなくなっている。奪ったとしても、シリカやブラウの元まで運ぶ体力が残っているかどうか。

自分にはどうにもできないのか。

そう諦めかけた時だった。

指輪の女と、侍女の会話を聞いてしまったのだ。

「今日は何やら、外が騒がしいわね？」

「はぁ――――どうも、アゲート様が逃げ出したそうです。使用人の娘を一人連れて、城内を逃げ回っていると」

老婆は、気まずそうに言った。

女はキーリの背を撫《な》でながら、耳に痛い笑いを漏らす。

「あの子が？　堅苦しい性格のあの子に、そんな甲斐性《かいしょう》があるなんて意外だわ」

「それがどうも、フレデリック殿下が目をつけた娘を庇っているようで……」

老婆の言葉に、女が動揺してキーリの背に爪《つめ》を立てた。

ニギャー！

キーリは思わず、毛を逆立ててしまった。しかし動揺した女は、それどころではない。

「私のところには来てくださらないのに、一体どういうことなの!?　そんな、そんなはずはないでしょう!?　何かの間違いよ！」

頭を抱え、もだえ苦しむ女を、キーリは静かに見上げた。

(王子が逃げている。使用人の娘を連れて――――その娘はもしかしたら、シリカかもしれない)

直感的に、キーリはそう感じた。

それはもう勘としか言いようがない。しかしあの堅物王子が、他の娘を連れて逃げるとも思えない。

(やっぱり、このまま静かに死ぬことはできないみたいね)

キーリは覚悟を決めると、追われているというシリカとアゲートを助けるため、行動に出た。

それは、動揺する女の指から指輪を奪い、それを呑み込んで逃げることだった。

彼女の牙《きば》に、既に指輪を咥《くわ》えて走るだけの力はない。

どうせ自分は死ぬのだから、犬ころはこの腹をかっさばいて指輪を取り出せばいいのだ。

そう判断した彼女の行動は素早かった。

指輪を奪い、必死に逃げる。女にとっては大切な物であったようで、部屋にいた召使いたちがキーリを追ってくる。

猫は森の中の暗い道を必死に走った。

石を投げられ、時には追いつかれそうになりながら、それでも最後の力を振り絞っては走り続けた。

自分は消えるかもしれないと言った犬ころは、きっと今日《きょう》も精霊石を探して岩場を掘り返していることだろう。

岩場にさえつけば、あとはどうなってもいいと思った。

最後の最後にシリカを救えるのなら、自分の身はどうなっても構わなかった。

走って、走って、息が切れて、目が霞《かす》んだ。

猫の体は俊敏だが、長距離を走るようにはできていないのだ。

けれどその限界を超えて、黒猫はよく走った。

投げられた石が当たり、血が流れた。追っ手はどんどん増えて、甲冑《かっちゅう》をまとった兵士の姿も見られる。

(猫一匹に、大騒ぎにゃ)

自分に振り回されている人間たちを見て、キーリはいい気分になった。

体の感覚はもうないが、こんな最期も悪くないかもしれない。

逃げる。走る。飛び越える。

霞んだ視界に、ようやく岩場が見えてきた。体は既に満身創痍《そうい》。走る力などもうなかったが、気持ちだけで走り抜けた。

『犬ころ！　犬ころ出てきなさい！　私の腹を破いて精霊石を！』

最後の力を振り絞ってそう叫ぶと、黒猫の呼吸は止まった。

間髪おかず岩場に駆け込んでくる人間たち。鳥たちはバサバサと飛び立ち、静かな森は喧噪《けんそう》に包まれていた。

＊＊＊

シリカとアゲートは、森に張り出したバルコニーに追い詰められていた。

取り囲む兵士たちに、アゲートは剣で応戦している。

「ははは、そろそろ観念するんだなぁ」

報《しら》せを聞いたフレデリックも駆けつけ、嗜虐的《しぎゃくてき》な笑みを浮かべ高らかに言った。

「観念するのは叔父上の方だ。兵士たちを私的に先導した罪は重い」

剣を構えながら、アゲートが言う。辺りを取り囲む兵士たちは、気まずそうに目を泳がせた。

「なにを。守護獣をまともに操ることのできぬ、自らの力不足を恨め。こいつらはどちらが次期国王として有力かを判断して、俺についたまでだ」

じりじりと、膠着状態《こうちゃく》が続いた。

ふと、フレデリックがアゲートの背後にいるシリカに目を留める。

「これはこれは。探してもいないと思ったらお前が匿《かくま》っていたのか。まさかお前のお手つきか？」

彼の顔に、下卑た笑みが浮かんだ。

思わずぞっとして、シリカの体ががたがたと震え出す。

フレデリックは舌なめずりをして、隣にいた兵士の手から剣を奪い、二人に向ける。

「よかろう。今日のところは、その女を差し出せば許してやるぞ？　アゲート。それとも愛しい女と共に、バルコニーから飛び降りるか？　あ？」

柵とアゲートの背に挟まれたシリカは、バルコニーから下を見て顔色をなくす。

「楽しいねえ。お前の目の前でその娘を嬲《なぶ》ってやろう。部屋から逃げ出した罰だ。もう二度と、俺に逆らおうなんて思わないようにな！」

「ふざけるな！」

アゲートが吠《ほ》える。

一方シリカは、恐怖のあまり声を出すこともできなかった。

フレデリックの思い通りになるなどまっぴらだ。しかしここにいては、どうしてもアゲートの邪魔になってしまう。

（アゲート様はきっと、私をお渡しになるようなことはしない。でもそうすれば、アゲート様の命が危ない。私さえ、フレデリック殿下のところへ行けば……）

想像すると、体の底から嫌悪の震えが湧《わ》き上がってくるようだった。

二度とあの男に触れられたくはないのに、そうしなければアゲートを助けられないのだ。

いっそここから飛び降りてしまおうか。シリカはちらりとバルコニーの外を盗み見た。

命が助かるとは思えない高さ。しかしもう一度あの男に触れられるぐらいなら、死んだ方がマシだ。

――シリカがそう、覚悟した時だった。

突如として森が割れ、とてつもない突風が吹き付ける。

弾みで身を乗り出していたシリカの体は空中に投げ出され、体がふわっと浮くのが分かった。

(落ちる!?)

衝撃を覚悟して、目を閉じる。

自ら落ちることを考えていたとはいえ、本当に落ちるとなると恐ろしいのは変わらない。

「シリカ!」

アゲートの呼ぶ声。

(アゲート様、どうかご無事で……)

短い間に、沢山の出来事がシリカの脳裏を通り過ぎていった。

リィナのこと、ミリアのこと、ブラウのこと、キーリのこと。そして、アゲートのこと。

彼らと、もっと話したかった。もっとやりたいことがあった。見たいものがあった。何にも期待なんてしていないはずだったのに、いつの間にかやりたいことが増えていた。

(やっぱり死ぬなんて嫌!)

そう思った瞬間、浮いてからやけに時間が経過していることに気がついた。

一瞬を長く感じているとはいっても、いくら何でも長すぎる。

おそるおそる、シリカは目を開けた。すると体は空に浮かんだまま、なにかふさふさとした物の上に腰掛けている。目の前にはアゲートの顔。どうやら手を添えてシリカの体を支えてくれているようだ。

「え……え!?」

慌てて下を見ると、そこにはアゲートの髪色と同じ白銀の毛並みがあった。けれどその大きさは、常識では考えられないほどだ。

「ブラウ……様ですか？」

恐る恐る、シリカは問いかけた。

大きな頭が振り向いて、青く鋭い瞳と目が合う。

その大きく開いた口で、巨大な狼《おおかみ》は笑みを作った。

『気がついたか！　シリカ、間に合って良かった！』

疑いようもなく、それはブラウの声だった。

ようやく彼が成長できたのだと知り、シリカは泣きそうになる。

バルコニーの上では、置き去りにされたフレデリックや兵士たちが、唖然《あぜん》としてこちらを見上げていた。窓からは物見高い貴族たちが顔を出し、目をまん丸にしている。

事情を知らないメイドや侍従たちは、無邪気に「綺麗《きれい》！」「素敵！」とブラウの美しい姿を褒め称《たた》えている。

地上からこちらを見上げる人の中には、リィナやミリアの姿もあった。よくは見えないが、二人とも大きく手を振っているのが分かる。

禁足の森が歓喜に満たされ、人々は新たな奇跡を目撃した。

ただフレデリックとその部下たちだけが、苛立たしげにこちらを見上げている。

「シリカ、ありがとう。すべて君のおかげだ」

「そんなことはないです。ブラウ様とアゲート様が諦めなかったから……っ。本当に、おめでとうございます」

嬉《うれ》しいと、涙が出てしまうのはなぜだろう。

今日はもういっぱい泣いたと思うのに、まだ足りないとばかりに胸が熱くなってしまうのだ。

するとアゲートがふと、シリカの目尻《めじり》に唇を寄せた。

硬直するシリカ。そこかしこから上がる驚きの悲鳴。

ただアゲートだけが、普段の難しい顔など嘘《うそ》のような笑顔を浮かべている。

「今日は、なんて素敵な日だろう。俺の守護獣と妃《きさき》を、皆に紹介することができた」

とんでもないことを口走るアゲートに、シリカはうまく反応を返すことができなかった。

しばらく固まったまま、なにも言うことができずにいる。

「い、い……い、今!?」

どういうことか尋ねようとしても、アゲートは笑うばかりで説明をしようともしない。

シリカはもうどうにでもなれと、やけになって彼の腕に背中を預けたのだった。

＊＊＊

指輪を追って、庭に出た。するとやけに、上層階が騒がしい。

なにかと思って見上げれば、バルコニーに息子と見知らぬ娘の姿がある。

（いいえそんなことよりも）

彼女はそのバルコニーに、愛しい人の姿を認めた。

記憶にあるよりも老いた、しかし確かに当時の面影がある横顔。

ドレスのまま、慌てて階段を上った。お付きの者は全て猫を追っている。彼女が一人で階段を上る姿に、すれ違う者たちは皆、信じられないというように目を見開く。

けれど今は、そんなものにかまってはいられなかった。

ようやく会える。もう一度。

彼から貰った指輪を身につけていないのは残念だが、会えば再びその逞《たくま》しい腕で抱きしめてくれるだろう。

もう一度、今度はもっと美しい指輪を贈ってくれるに違いない。

彼女の脳裏からは、自分が王妃であることや、そして彼が夫の弟であることなどは消え去っていた。

ただ恋い焦がれた愛しい人に会いたい。その一心で階段を駆け上がり、群がる兵士たちをかき分けていく。

彼女に気づいた兵士たちは、恐る恐る道を空ける。しかし彼らは興奮状態なのか、すぐ側《そば》に近づくまで彼女に気づかない。

細い腕で、か弱い力で、必死に彼らをかき分けていく。

化粧は崩れ、髪はほつれ、彼女の姿を見た者はすべて驚きに声をなくした。

けれどその時、男の声が耳に入った。

「楽しいねえ。お前の目の前でその娘を嬲ってやろう。部屋から逃げ出した罰だ。もう二度と俺に逆らおうなんて思わないようにな！」

それはあまりにも、下卑た言葉だった。

「娘を、嬲る……？」

彼女の呟きは、喧噪の中に消える。

よくよく見れば、アゲートは服を着崩しただらしない姿だ。アゲートの背に庇われている娘もまた、身なりはメイド服だがその着衣はいささか乱れている。

彼女は一瞬で、何があったのかを察した。

「嘘よ……」

そして、身の内に激しい炎が湧き上がる。

さっきまで焦がれていた恋の炎ではない。御しがたい嫉妬《しっと》の炎だ。

ようやく帰国したというのに、なかなか会いに来てくれない男。城の中だから、人目があるからだと自分に言い訳していた。

しかし本当はなんてことはない。ただ彼の心が自分から離れていただけだったのだ。

「嘘よ……」

近くに居た兵士の鞘《さや》から、彼女は重い剣を抜いた。

尋常あらざる様子で剣を持つ彼女から、近くに居た兵士が距離を取る。

重い、重い鉄の塊。こんなに重い物は持ったことがない。彼女は剣を両手で握り、震える手で少しずつ前に進んでいく。

もみ合う男たちが、少しずつ道を空けていく。そして見えた、恋い焦がれた男の背中。

わっと大きな歓声が上がった。空に浮かぶ巨大な白銀の狼。しかしその姿すら、彼女の意識を逸らすことはできなかった。

もう一度上がる歓声。息子が何か言ったらしい。

「ふ、ふざけるな！」

男の絶叫。

それとほぼ同時に、切っ先がズブリと肉の中に消えていく。

「ガ……ッ」

振り向いた男の目は今にもこぼれ落ちそうなほど大きく見開かれ、血を吐いた口は微かに

「なぜ」と呟いた。

「それは、わたしの台詞《せりふ》よフレッド」

そして男の体は、剣と共に崩れ落ちたのだった。

第六章　幸せな結末

シリカは走っていた。

大きくなったブラウの、申し訳なさそうな顔が頭から離れない。

『あのなシリカ……』

地上に降りた後、シリカとアゲートは下級の使用人たちの祝福を受けた。

しかしアゲートは彼らをかき分け、急いで階上に行ってしまった。

彼のプロポーズの直後、フレデリックが何者かに刺されるという大事件が起きたからだ。

とにかく安全な場所へと地上に降ろされたが、シリカも不安な気持ちでいっぱいだった。

けれど、やっと全《すべ》てが終わったと安心しかけたその時。

なぜか悲しそうな顔をするブラウに、驚くべきことを知らされた。

『精霊石を、俺に届けてくれたのはキーリなんだ』

「キーリが？」

シリカは驚いてしまった。

だってキーリは、世話役という仕事も、そしてブラウのことも、あまり好きそうではなかったからだ。

精霊石は一体どこにとか、キーリはどうしてるのとか、聞きたいことは色々あった。

でも、全ての疑問が、吹き飛んでしまった。ブラウのたった一言で。

『あいつ、頑張ってくれたんだ。傷だらけになって、それでも頑張って、岩場まで精霊石を運んでくれたんだよ。俺は、お前たちを助けるのに必死で――』

それ以上、聞いていられなかった。

気づけばシリカは駆け出していた。王族以外立ち入りの禁止された、禁足の森。青々と木々の茂った、美しい森。

そんな場所に、シリカの友人はいるという。

（キーリ。そんな無茶して……もうおばあちゃんなのに）

キーリが普通の猫の寿命をとっくに通り越していることぐらい、シリカだって知っている。

いつかその時が来るのかもしれないと、いつも心のどこかで怯《おび》えていた。

でも、キーリは唯一の家族だったから。

取り残されるのが恐くて、キーリとその話をしたことはなかった。

（もっとちゃんと、話を聞いてあげれば良かった）

シリカは深く後悔した。

折角動物と対話する力というがあるというのに、ただ恐いという理由で一番身近にいるキーリと、きちんと話をしてこなかったことを。

予感はあったのだ。キーリが、突然居なくなったその時から。

猫は人に死に目を見せない。

でも、そんなふうに考えるのが恐かった。

岩場にたどり着く。

茂みの中に、小さな黒い獣が倒れていた。

「キーリ！」

シリカは絶叫した。

信じたくはなかった。信じたくなかった——のに。

黒く滑らかな毛皮や、しなやかな体は確かに見覚えのあるそれで、血を流し傷んだそれにかける言葉も見つからなかった。

「嘘《うそ》……起きてキーリっ、ねえ！」

揺さぶろうが叫ぼうが、キーリは目を開けない。

「お願い！　私を置いていかないで。一人にしないで……」

シリカの懇願が、平和な森にまるで吸い込まれていくみたいだ。風がさわさわと葉を揺らし、木漏れ日が形を変える。

どうしてこんなにいつも通りなのだろう。もっと絶望的で、悲劇的ならば良かったのに。

後ろからアゲートとブラウが追ってきた。

基本的に王族しか立ち入れないためか、そこに他《ほか》の人間の姿はない。

「シリカ……」

アゲートの言葉に、シリカは振り向くことができなかった。

彼を助けている間に、キーリはここで寂しく死んだのだ。

それを思うと、この城に来たことすら間違いだったんじゃないかという気がした。

誰《だれ》のせいにもできないのに、シリカの中身は青く鬱々《うつうつ》とした悲しみでいっぱいだった。

綺麗《きれい》好きだったキーリのために、手櫛《てぐし》でその毛並みを整えてやる。その体は冷たく、シリカは改めて打ちのめされる。

けれど見た目はまるで今にも動き出しそうなほど、それが一層やるせなかった。

本当に、ただ眠ってるだけに見えて――……。

『すー……』

「え？」

寝息が聞こえた気がして、シリカは目を瞬かせた。

「なんだ？」

もう一度、耳を澄ませてみる。すると、風のざわめきに混じって、微《かす》かな呼吸音が聞こえた。

『す……ん？　ん？　にゃー？』

なんと、死んだと思っていたキーリが目を開けたのだ。

これにはシリカも驚いてしまった。

だってキーリの体は確かに冷たくて、絶対に生きているようには思えなかったのだ。

「ど、どういうこと？」

思わず問いかけると、キーリが返事をした。

『んー？　もうちょっと寝かせてー』

ごろりと猫が寝返りを打つ。

もう疑いようがない。キーリは生きていたのだ。

「キーリ！」

シリカは自分の相棒の体を抱き上げると、強くぎゅっと抱きしめた。

『ぎにゃっ⁉』

驚いたキーリが尻尾《しっぽ》を膨らませる。けれどシリカは、どうしても抱きつくのをやめることができなかった。

顔に当たる小さな体はとくとくと脈打ち、先ほどまではなかった体温が確かに感じられる。

「よかった。キーリ、キーリぃ……」

『ちょっとどうしたの？　一体何事⁉』

どうやらキーリは、自分がどうなっていたのか憶《おぼ》えていないようだった。心から不思議そうに、泣きじゃくるシリカの顔を見上げている。

『ちょっと。いい加減に泣き止《や》みなさい。ほんと泣き虫なんだから』

呆《あき》れたような声音は、確かにいつものキーリそのものだ。

もう二度と聞くことはできないと思った声に、涙は止まるどころか一層溢《あふ》れてくるばかり。

『どういうことだ⁉』

のしのしと、大きくなったブラウが近づいてくる。

『ちょっと、アンタあの犬ころなの？　まあ随分と立派になっちゃって……』

どうやらキーリの記憶は、ブラウが精霊石によって大きくなる前で途切れているらしい。

シリカが生きていることを確認するようにキーリの体中を撫《な》で回すと、不思議なことにさっきまであったはずの傷も消えていた。

「不思議。どうしてこんなことが……？」

シリカの呟《つぶや》きに、答えをくれたのはブラウだった。

『おそらくは、精霊石のせいだ』

「精霊石の？」

『ああ。キーリは、精霊石を呑《の》み込んで俺の元まで届けてくれたんだ。おそらくその時に吸収した精霊石の力によって、一度動物としての死を迎えたにもかかわらず、精霊として蘇《よみがえ》ったに違いない』

「精霊として……」

シリカは改めてキーリの体を事細かに観察してみた。

しかし彼女の体は生前と何ら変わったところがなく、むしろ溌剌《はつらつ》として若い頃《ころ》に戻ったんじゃないかと思えるほどだ。

『俺《おれ》も、動物から精霊になった者を見たのは初めてだ。だが、そうとしか説明のしようがない。キーリの体からは確かに、俺の精霊石の力が感じられる』

そう言ってブラウが胸を張ると、そのもふもふの胸毛の隙間《すきま》から青い光がこぼれ落ちた。

ブラウの目と、そしてアゲートの目と同じ色だ。

するとその光に共鳴するように、キーリの体もうっすらと青い光を放ち始めた。

『ん？　なにこれ？　ちょっと、アンタ私の体に何をしたのよー。なんで光っちゃってるのー？』

キーリだけが不思議そうに、シリカの腕の中で暴れている。

「動物でも精霊でも、キーリが戻ってきてくれたなら私は嬉《うれ》しいよ」

それはシリカの、心からの言葉だった。

『まったく。シリカは私が付いてないとダメなんだから』

キーリが呆れたように言う。

うんうんと頷《うなず》きながら、シリカはいつまでもキーリの体を抱きしめていた。

＊＊＊

翌年、国王が亡くなった。

重い病でほとんど寝たきりになっていたが、その晩年は穏やかなものだったという。

というのも、かねてからの懸案だった王太子の守護獣が、無事成長した姿を見ることができたからだ。

これでもう心配することは何もないと、彼は安らかに息を引き取った。

更に王弟のフレデリックも王妃に刺された傷で死に、長きにわたり隣国で過ごしていた王子がクインベリーの地に居られた時間は短かったと言える。

そのフレデリックを慕い続けた王妃は、長年の心労から疲弊し冷静さを失っていたための凶行として、城を出て遠隔地で療養することが決まった。

クインベリーの国は王の喪に服したのち、新しい国王を迎え入れることとなる。

王太子、アゲート・フォン・リヒトホーフェン。その人だ。

美しく正義の人と称《たた》えられた彼は、貴族よりもむしろ市民たちから熱烈な歓迎を受けた。

それはおそらく、彼が娶《めと》った王妃が関係しているだろう。

クインベリーの辺境の村で生まれた、なんの地位も持たない娘。

しかし彼女には、王の守護獣と同じように特別な精霊がついていた。

彼女自身も動物の言葉を理解するという不思議な力を持っており、その力によって国王を助けたという。

いつしか彼女は聖女と呼ばれるようになり、その名は遠い異国にまで響き渡ることとなった。

彼女がたどったサクセスストーリーは、吟遊詩人のレパートリーの中でも人気の演目だ。

そして彼らが歌う歌は、どれもこのように締めくくられている。

〝二人と二匹の守護獣は、いつまでも仲睦《なかむつ》まじく幸せに暮らしたとさ〟

守護獣の退屈な日常

Konotabi ou no syugojyu osewagakari ni narimashita

ブラウは狼《おおかみ》だ。

狼は群れを作る動物なのに、彼は一匹きりの白銀の狼。城の中にある、禁足の森で暮らしている。

なぜか。

それは彼が、クインベリーに一羽と一頭しか存在しない貴重な守護獣だからだ。

国を守護するために、国王と共に産まれる獣。クインベリーの人々は守護獣を敬い、歴代の守護獣は尊敬と信仰の対象になっている。現在の国王の隣に座すアークという守護獣も、その名に恥じない巨大な翼を持つ大鷹《おおたか》だ。

それに引き換え、ブラウはといえば。

小さな小さな、子犬のような姿。その姿のままで、もう二十年以上の時がたった。

誕生を共にした王太子のアゲートは、もう滅多に森を訪れない。でも離れていても、彼の気持ちが心に流れ込んでくるのだ。

――不甲斐《ふがい》ない。どうして自分の守護獣が。国民にどう説明すればいい？　国を守る守護獣が、貧相な子犬だと。

子犬ではないと、内心で言い返すのも疲れてしまった。

そもそもアゲートは、ブラウの声が聞こえない。

アゲートからブラウへの声はこんなにも鮮明に聞こえるというのに、ブラウの気持ちを伝える方法は何一つないのだ。

それもこれも原因は、二十年前になくした力の源のせい。ブラウは来る日も来る日も探し続けているが、その宝玉が見つかることはついぞなかった。

＊＊＊

そんなある日、禁足の森に奇妙な娘がやってきた。

宝玉探しで疲れ切っていたブラウが、昼寝をしていた時のことだ。

聞き慣れない声に驚き目を開けると、そこにいたのは人間の娘だった。

やけにおどおどとした、黒猫を連れた娘だ。鮮やかな夕焼け色の髪に、樹液が固まった琥珀《こはく》のような目をしていた。

ブラウが驚いたのも無理はない。

なぜなら禁足の森には、好んでブラウに近づく動物などいないからだ。

動物たちは人間と違い、守護獣が己と同じ生き物ではないと、無意識に感じ取ってしまう。

だから『守護獣』という名でありながら、その実精霊であるブラウは、とても孤独な生活を強いられていた。

そしてたまにやってくる人間も、みなブラウを強引に従わせようとするような者ばかり。

ブラウだって成長できるものならしたい。しかしそれができないのは、かつて精霊石をなくしてしまったせいだ。けれど、そのことをアゲートや他《ほか》の人間が知るはずもない。そして伝える方法もない。

誤解され邪険にされ続けることに、ブラウは疲れ切っていた。

もう次の人間がやって来たら、噛《か》みついてでも追い出してやろうか。

そんなことすら考えていたくらいだ。

前にやって来た人間は、逃げ続けるブラウにしびれを切らし、怪しげな薬を飲ませようとさえした。それには流石《さすが》にアゲートもまずいと思ったらしく、以来森を訪れる人間は久しく絶えていたのだ。

――――次はどんな強者《つわもの》がやってくるかと思えば。

正直、ブラウは肩すかしを食らった気分だった。

咄嗟《とっさ》に逃げたブラウを探して、うろうろと辺りを見回す少女を見下ろしながら。

今の彼は彼女の頭上高く、木の枝にそっと隠れている状態だ。

周囲を見回すその様子すら、機敏とは言いがたくどこかどんくさい。

ブラウに腹を立てているはずのアゲートが送り込んでくる相手にしては、随分と間が抜けていそうだ。

一体どういうつもりなのだと訝《いぶか》しく思いながら、ブラウはそっと岩場を去ったのだった。

＊＊＊

少女は辛抱強かった。

辛抱強く、ブラウが自分から近づいてくるのを待った。

寒い夜に凍えながら、骨に残る肉の匂いでブラウを誘った。

つい近づいてしまったのは、彼女があまりに無防備だったからかもしれない。

いつ来るかも分からない相手を待ち続けて凍える少女の背中が、あまりにも寂しそうだったせいだ。

驚いたことに、シリカと名乗る彼女はブラウの声を聞くことができた。

鳴き声ではない。ブラウの言葉を理解し、その気持ちを分かろうとしてくれたのだ。

二十年の孤独に耐え続けてきた狼にとって、それはどこまでも魅力的な言葉だった。

しかし、彼女のことを盲目に信じるには、ブラウの心は荒《すさ》みすぎていた。幾度も世話役を名乗る人間に、不愉快な思いをさせられてきたのだ。こんなに短期間で、彼女は違うのだと安易に信じることなどできようはずもない。

結局ブラウは、様子を見るという消極的な方法に出た。

シリカを追い出そうとまでは思わなかったが、迎合もしなかった。

一定の距離を保ちながら、彼女がアゲートへの言葉を託すのに足る人物であるかどうか、それを見極めるつもりだった。

だった、のだが。

＊＊＊

シリカの朝は早い。

彼女の朝一番の仕事は、城の建物近くにある井戸まで、水を汲《く》みに行くこと。

誰《だれ》かに見張られるような仕事じゃないのに、朝寝坊をしたり怠けるという概念はないらしい。

森の木に隠れて彼女の様子を見ていると、そのことがよく分かる。

重い木桶《きおけ》片手に、往復すること数回。一日に必要な量を汲み終えたのか、今度は身支度をして厨房《ちゅうぼう》の皿洗いを手伝いに行く。猫はついて行ったり留守番をしたり。その日の気分によって行動を決めるらしい。流石猫、気まぐれだ。

皿洗いの最中も、シリカは真面目《まじめ》にしている。

年頃《としごろ》の少女が二人もいればひどく喧《かまびす》しくなりそうなものだが、シリカはにこにこと笑いながら相槌《あいづち》を打っていることが多い。

しかし楽しんでいないというわけではなく、話を聞くその顔は嬉《うれ》しそうだ。

観察しながら、ブラウは彼女と初めて話した時のことを思い出した。

一言一言、彼女は確かめるように話していた。物怖《ものお》じしているのとはまた違う、どこか自信のなさそうな仕草。

どうやらシリカは、あまり話すことに慣れていないらしい。

ブラウからすれば意外なことだ。人間は動物と違って、よく喋《しゃべ》る生き物だと思っていた。

ペロペロと前脚を舐《な》めながら、今まで彼女が歩んできたであろう人生を想像する。人間というコミュニティの中で、動物の言葉が分かるという特殊な技能は、彼女を孤独にしたかもしれない。

――――難儀なものだ。

少女の笑顔を見つめながら、ふうと狼は小さなため息をこぼした。

＊＊＊

ブラウは気まぐれに、シリカの小屋に遊びに行くようになった。

勿論《もちろん》一番の目的は噛むのにちょうどいい骨だ。ブラウの要望を聞き入れて、シリカは骨を綺《き》麗《れい》に洗ってから乾燥して出してくれる。

ブラウは精霊だ。本来食事をせずとも、精霊石さえあれば生きていける。

だから血のにおいは、あまり得意ではないのだ。基本的な狼の本能は備わっているというのに、難儀である。

そういうわけでブラウは、がぶがぶと骨をかじるのは好きだが血のにおいは苦手という、特殊な趣向を持っている。

過去に動物の血肉のにおいでブラウをおびき寄せようとする者もいたが、概ね成功しなかったのもそのせいだった。

現国王のアークも肉食はしないというのに、むしろなぜそんなことをするのかと不思議になったほどだ。

ブラウはつまり、いろんな意味で規格外の狼なのだった。

『アンタも難儀するにゃーね』

不意に、声をかけてきた者がいた。

禁足の森でブラウに近づく獣はいない。

この猫もある意味、規格外と言えば規格外だった。

『なにしにきた』

キーリとブラウの相性は、あまりよいものではない。

そもそも守護獣を『犬コロ』などと軽薄な名で呼ぶ猫と、狼が仲良くなんてできるはずがないのだ。

体の大きさこそキーリの方が少し勝っているが、年齢だってブラウの方がいささか上である。

『べっつにー。なかなかに素直じゃない犬さんをからかいに来ただけ』

そう言いながら、猫はその場で伸びをすると、自由気ままにふわわと欠伸《あくび》をして見せた。

ブラウに力があったなら、不敬だとその場から弾《はじ》き飛ばしているところだ。

しかし幸か不幸か彼はその力を失っており、猫はその場で毛繕いを始めた。

『お前は主人の仕事を邪魔するつもりか？　シリカの仕事は俺《おれ》のご機嫌を取ることだろう』

一応遠回しに忠告してみるが、聞くわけがない。

『ご主人？　あの子と私は友達にゃーよ。生まれた時から一緒だから、姉妹みたいなものね』

『姉妹？　猫と人間がか？　笑わせる』

皮肉げに言うブラウに、キーリが不思議そうな顔をした。

『アンタだって、王子様と一緒に生まれたんでしょ？　兄弟みたいなものじゃない』

『違う。何度も言うが、アイツはおれを嫌っている。自分を嫌っているヤツの心が分かるなんて、厄介なだけだ』

シリカに言ったら痛ましい顔をするであろう言葉にも、黒猫は表情を変えなかった。彼女はただ呑気《のんき》に、毛繕いを続けている。

『世の中に、憎しみ合ってる姉妹兄弟がどれだけいると思ってるの？　アンタは偉いのかもしれないけど、世間知らずね』

『なに？』

『嫌い合っていても憎しみ合っていても、兄弟の絆《きずな》はそう簡単に切れないにゃ。アタシとシリカだってそう。血の繋《つな》がりはないし、姿形は違うけど、アタシは死ぬまであの子を守る。それが約束だから……』

　それが誰との約束であるか、黒猫は語らなかった。

　しかし老いた猫のすごみを帯びた物言いに、人間とほぼ変わらない歳月を生きるブラウは、言い返すこともできないのだった。

　ブラウとアゲートだって、なにも初めから憎しみ合っていたわけではない。

　ブラウはアゲートを救えるなら何を失ってもいいと思った。そして実際、彼を助けた時に命の代わりとも言える精霊石をなくした。

　それでも当時は、幼いアゲートが助かっただけで嬉しかったはずだ。

　その時はまさか、こんなふうに憎まれる関係になるなんて想像もできなかった。

　アゲートはブラウの後をついて回る、可愛《かわい》らしい子供だったたから。

　もう随分と昔のことだ。アゲートは次期国王としては申し分のない、立派な青年として成長した。

　その成長だけでも嬉しいはずなのに、胸を塞《ふさ》ぐこの感情は一体何なのだろう。

精霊石を失ったブラウは、遠からずアゲートを置いて死ぬことになるだろう。守護獣を失ったアゲートがどうなるのか、無事王位に即《つ》くことができるのか。

自らの死を前にしてそれでもまだ、ブラウはアゲートのことを案じ続けている自分に気づく。

昔のような関係になることはもう諦《あきら》めきっていたはずなのに、欲を憶《おぼ》えてしまうのはシリカが彼らの前に現れたせいか。

考えに耽《ふけ》っていると、猫はその場からいつの間にか姿を消していた。

一体何をしに来たんだと思いながら、ブラウは話す相手欲しさにシリカの小屋に行くことにした。

一匹でいることを苦痛に感じるようになったのも、シリカが来てから変わったことの一つだ。

長い間変わらずに来たことが少しずつ変化していることに、ブラウは小さな恐れとそして言いようのない感覚を憶えた。

ぞわぞわして全身の毛が逆立つような、今にも駆け出してしまいそうな衝動。

それが『希望』という名であることを、彼が知るのはもっとずっと後になってからだった。

あとがき

はじめましての方もそうじゃない方も、この本を手に取って頂きありがとうございます。柏てんです。

このたび、一迅社文庫アイリス様から本を出させていただくことになりまして、嬉しい反面とても緊張していたりします。

まずは、関係各所に謝辞を。

担当様。初めてお会いしてから二年ほどになりますが、お仕事をご一緒することができて嬉しく思います。至らないところの多い作者ですが、辛抱強くご指導頂きありがとうございます。ようやく完成したんだなあと、なんだか感慨深いです。

そして、素敵な表紙と挿絵を描いてくださった鳴海ゆき様。昔から大好きで、決まったときには何かの間違いなんじゃないかと思いました。かっこいいアゲートと、可愛すぎるシリカとモフ二匹は眼福です。本当にありがとうございました！

その他、この本の出版販売に関わってくださる全ての方々に、感謝を。

さて、実はあとがきのスペースを3ページも頂きまして（全ては自分のせいなのですが）何を書こうか戸惑っております。

やっぱり本編の内容に触れた方がいいんですかね。あとがきを先に読む派の方にはネタバレになってしまいますが。

えーこの本には、私のモフモフへの愛が詰まっております。

黒猫のキーリも、守護獣のブラウも、作中で存分にモフモフさせて頂きました。もうやり残したことはない。

――と、モフモフについてはひとまず置いておいて。

主人公のシリカは、結構不幸というか身寄りがない上に人付き合いが苦手で、唯一の友達であるキーリさえいればいいと考えているような女の子です。

最初はアゲートにも八つ当たりで邪険にされていたりして、なかなかに不憫だなと自分でも思います。

でも、どんな環境でも腐らず、ひたむきに頑張る主人公が書きたくて書いたお話ですので、逆境の中でシリカはよく頑張ったのではないかと。

私だったらきっと、不満たらたらでブラウと仲良くなるなんてできなかったに違いない。

アゲートも、生まれは王太子というこれ以上ないほど恵まれた環境ですが、両親とうまくいってなかったり周囲から資質を疑われたりと、なかなかに苦労の多いヒーローです。

それゆえ最初はとてもとっつきづらいキャラなのですが、シリカのひたむきさにほだされて徐々にその態度は軟化していきます。

その後二人がどうなるかは、作中でお確かめ頂くということで。

さて、まだ少しスペースが残っているので、近況をちらほら。

最近は小説を書いたり読んだり、書くための下調べをしたりといった毎日です。

他社様のお仕事ですが京都に長期滞在したりと、なかなかにフリーダムな生活を送っております。

そういえば改稿の最中に東京から神奈川に引っ越しました。

新居は静かで前よりも広く、概ね気に入っています。唯一難点を挙げるとすれば、お風呂が狭いこと。

やっぱり、お風呂大事ですね。風呂は命の洗濯ですね。という訳で温泉にでも行って、のんびり大きなお風呂に浸かりたいものです。

それでは、話はそれましたがまたどこかでお会いできることを願って。お付き合い頂きありがとうございました。

柏てん　拝

IRIS
ICHIJINSHA

このたび王《おう》の守《しゅ》護《ご》獣《じゅう》お世《せ》話《わ》係《がかり》になりました

2017年10月1日　初版発行

著　者■柏 てん

発行者■杉野庸介

発行所■株式会社一迅社
〒160-0022
東京都新宿区新宿2-5-10
成信ビル8F
電話03-5312-7432（編集）
電話03-5312-6150（販売）

発売元：株式会社講談社
（講談社・一迅社）

印刷所・製本■大日本印刷株式会社

ＤＴＰ■株式会社三協美術

装　幀■小沼早苗

ISBN978-4-7580-4986-3

●この作品はフィクションです。実際の人物・団体・事件などには関係ありません。

この本を読んでのご意見
ご感想などをお寄せください。

おたよりの宛て先

〒160-0022
東京都新宿区新宿2-5-10
成信ビル8F
株式会社一迅社　ノベル編集部
柏《かしわ》 てん 先生・鳴海《なるみ》ゆき 先生